读客悬疑文库

认准读客读悬疑，本本都是大师级。

自然死亡调查科

春申女君　著

文匯出版社

图书在版编目（CIP）数据

自然死亡调查科 / 春申女君著. -- 上海：文汇出版社, 2025. 4. -- ISBN 978-7-5496-4404-9
Ⅰ. I247.5
中国国家版本馆 CIP 数据核字第 20258X8G95 号

自然死亡调查科

作　　者	/	春申女君
责任编辑	/	徐曙蕾
特约编辑	/	谢晴皓　　徐於璠
封面设计	/	陈艳丽　　王若愚
出版发行	/	文汇出版社 上海市威海路 755 号 （邮政编码 200041）
经　　销	/	全国新华书店
印刷装订	/	三河市龙大印装有限公司
版　　次	/	2025 年 4 月第 1 版
印　　次	/	2025 年 4 月第 1 次印刷
开　　本	/	880mm×1230mm　　1/32
字　　数	/	129 千字
印　　张	/	9

ISBN 978-7-5496-4404-9
定　　价 / 49.90 元

侵权必究
装订质量问题，请致电010-87681002﹝免费更换，邮寄到付﹞

献给我的外公

目录

楔　子 ············· 001
　　一 ············· 003
　　二 ············· 006

第一章　埃弗里特的多世界理论 ············· 021
　　一 ············· 023
　　二 ············· 062
　　三 ············· 077
　　四 ············· 110
　　梦魇 ············· 131

第二章　奥古斯特的《思想者》 ············· 133
　　一 ············· 135
　　二 ············· 147
　　三 ············· 156
　　四 ············· 164
　　五 ············· 179

第三章　希波克拉底的四体液学说 ············· 191
　　一 ············· 193
　　二 ············· 216
　　三 ············· 234
　　四 ············· 240
　　五 ············· 252
　　六 ············· 258
　　梦魇 ············· 263

尾　声 ············· 271

楔　子

楔　子

一

九月春申市的拂晓总是雾霭缭绕。

特别是吴淞河边，水中泛起的寒气打湿了河堤边大大小小的鹅卵石。

远处的河面上悬着几盏白色的孤灯，缓慢地向前移动。待晨光驱散薄雾，才叫人能看见那隐于桅灯后的砂石船，正笨拙而缓慢地驶过吴淞河桥。

殷桂梅扫完河堤边的街道时，天色已经大亮。像往常一样，她在凌晨3点半开着环卫车开始工作，此时已经将她所属片区的活儿干完了。她男人是开卡车的，每次接了长途的活儿就要走十天半个月，一年到头也着不了几次家；女儿三年前去北方读大学，现在眼看着都要毕业了。独居的殷桂梅觉得冷清，便找了这份环卫的工作。

纵使在女性中，殷桂梅的身量也不是很高，环卫局发的扫帚立起来都能超过她的头顶，不过这并不影响她日常的工作。她用巧劲将扫帚甩上环卫车，驱车前行了几十米，来到吴淞河桥边。

桥墩一带本是不需要他们清扫的，但是殷桂梅每天早晨收工前还是会来看看。这里可以说是一个宝库，运气好的时候会有醉汉留下的一大片酒瓶，抑或流浪汉睡觉用的纸板箱。殷桂梅会把这些东西捡回去卖钱。

她将车停在河堤的小路上，踩着湿滑的鹅卵石走向桥墩。橙红色的环卫服在乱石与杂草中格外显眼。

殷桂梅还没有吃早饭，因而深一脚浅一脚步行向前的时候，她心里盘算着的却是一会儿路过菜市场时该买粢饭团还是粢饭糕。

然而，今天她的运气并不好。桥墩下并没有纸板箱或是酒瓶，连一个易拉罐都没有。她翻找了一会儿，确认无果便准备打道回府。只是在往河堤上走去时，她却发现不远处的杂草间影影绰绰地有一个趴在地上的人影。

殷桂梅首先便想到了头天晚上睡在河边的醉汉。这种人的酒劲很可能到现在都没过，贸然叫醒对方还会惹上一身麻烦。

她原本并不想蹚这趟浑水，只是当她朝着那个方向走了两步后，却觉得那人身上衣服的颜色莫名眼熟。很快她便认出那是春申市高中生统一的校服——白底蓝条的运动服，许多孩子喜欢订大一码的衣服，方便冬天往里面添衣服，或是敞开着穿。仅仅几年前，她的女儿还天天穿着这身衣服上学。

楔 子

那不是一个醉汉。

那很可能是个学生。

意识到这一点,殷桂梅加快步伐朝那个方向赶去,中途好几次险些被石块绊倒。

随着距离的缩短,那人的轮廓越来越清晰。是个姑娘。殷桂梅注意到她披散的头发被河水的潮气打湿,搭在石头上的手纤细而白皙。

殷桂梅在脑海中一遍遍猜测这个年纪的小姑娘为何会出现在清晨的河堤边,以至完全忽略了心头涌上的异样感:那人看上去远比一般的小姑娘要高。

她来到那女孩身边:"小姑娘?醒醒,怎么了,不舒服吗?小姑娘?"

那女孩还是趴在地上,一动不动,叫人完全看不清面容。

殷桂梅下意识伸手想要扒拉她,但看见自己平日里扫地、擦栏杆时戴的棉纱手套,想了想还是摘掉了。她肿胀得发黑的手搭上了女孩纤细的肩膀,用力向外一翻……

当她还在下意识地惊叹女孩远比她想象中轻盈时,眼睛却捕获到了一个叫人战栗的事实:女孩被翻过来的仅仅是上半身。而她的下半身却依旧俯卧在原处,丝毫未动。

女孩的身体从腰部被切割开来。

殷桂梅终于知道那种异样感是如何产生的了:卧倒时,宽大的校服完全挡住了女孩身体分离开的空隙,这让她的上半身看上去不协调地长。

女孩闭着眼睛,山根处有一颗浅浅的痣,湿漉漉的头发贴在她惨白的脸上,就像一个精致的人偶。

殷桂梅腿肚子一软,向后跌坐了去。她的声音远比脑袋反应得快,她听见自己凄厉的叫声。这个可怜的中年女人顾不得碎石将自己的手磨出了血,拼命地往后移。

她的胃里泛出一股子恶心。

无论是粢饭糕还是粢饭团,她都不想吃了。

此时的殷桂梅,出人意料地,脑海中只有这样一个念头。

二

"您好,买单。"何满满提高了音量,招了招手,而此时坐在她正对面的盒子还在对着手中平行调查报告的复印件发愣,她的手指无意识地滑过上面的一栏:

观察主体状态:存活。

何满满的声音令她如梦初醒,她连忙拿起手机道:"满满姐,这顿还是我请吧。本来应该是我去自调科听你做结案简报的,但灵堂这边走不开人,还让你特地跑一趟。"

还没等何满满拒绝她的好意,一个大学生模样的服务员便带着POS机走了过来,他如同尚未正式步入社会的少年,声音里带着一点儿羞涩："您好，这边一共消费158元。"

像是怕何满满捷足先登，盒子忙将手机递到了服务员面前："你扫我还是我扫你？"

这种抢着结账的场景在餐厅里并不少见，那个服务员弯了弯眉眼："我扫您。"

然而，支付的过程并没有想象中的顺利。POS机对着支付页面扫了好一会儿，却始终不成功。何满满这才注意到盒子手中可以用"支离破碎"来形容的手机屏幕。

也许是因为焦急或是尴尬，此时的盒子已经涨红了脸。何满满不动声色地将自己的手机递到服务员面前："你扫我的，看看行不行。"

"嘀。"意料之中，这一次很快就支付成功了。

盒子的脸涨得更红了。

"太好了。"何满满将它视作意外之喜，不动声色地转移话题，"你这屏幕怎么会碎成这样？"

盒子用指腹摩挲着屏幕的纹理，上面还有一些细碎的玻璃晶体掉落，此时她脸上的局促却减退了不少："你也知道，因为爷爷病重，我周一下午刚下飞机就直接拖着行李赶去安汇区中心医院了。当时手里东西多，跑得又急，跟人撞到了一起，手机一个没拿稳，当场就飞出去摔得稀碎了。我当时急着去住院部看爷爷，就凑合着用了。后来……"她说到这里抿嘴顿了顿："这两天一直在家里帮忙处理后事，也就没时间再去买手机了。"

服务员在一旁边听着边安静地等待POS机吐出小票。也许是因为方才盒子话语中"病重""帮忙处理后事"这样的字眼，那小哥下意识地多看了盒子一眼，然而就是这一眼让他察觉出了异样。

盒子的脸上布满了梅花状的红斑，她虽然压低了棒球帽的帽檐，让人在乍一看时并不会注意到，但是若定睛细瞧就会发现这些斑块在她原本就苍白的脸上显得格外引人注目。

何满满下意识地随着服务员的视线将目光落在了盒子的脸上，不过并没有多作停留。她知道，有时候仅仅一道多余的视线也会令人感到不适。

其实三天前何满满在接受委托时，盒子虽然精神萎靡，面容疲惫，但脸上并没有这些红斑。然而今天再见面时，盒子却特意戴着口罩，初秋午间的天气依然炎热，她却用长袖将自己裹得严严实实。刚一见面，像是害怕何满满感到怪异却又不好意思询问，她就主动解释道："我从小就有这种免疫系统的疾病，只要过于劳累，身上就会开始起一些红色的斑块。如果一直得不到充足的休息，就会开始发烧。"

她的身体上或许也布满了这样的斑纹，为了遮掩才不得不穿起了长袖。盒子向她解释时神色明显有些难堪，何满满几乎在一瞬间就理解了她隐藏在话语之下的尴尬。

当病痛成为一种显性的症状时，它不仅蚕食着人类的健康，更蚕食着他们作为一个"普通人"的自信。自信被蚕食后所遗留下来的空洞，存留在生活中的每一个不易察觉的细枝末节里。

楔　子

　　就像盒子几乎在一瞬间就捕捉到了服务员小哥略带审视的目光。他很有可能并无恶意，但是他的目光还是令盒子不安地从随身的帆布包中掏出口罩戴好。

　　这个举动让服务员小哥很快意识到他方才下意识的发愣已经给顾客带来了伤害。他将小票撕下来，恭敬地递给盒子，轻声道了一句"抱歉"，然后逃也似的离开了。

　　走出餐厅时，盒子将帽檐压得更低了。路人几乎无法注意到她隐藏于口罩之下的异样。

　　"满满姐，这次调查给你添了许多麻烦，真的谢谢你了。"盒子郑重地向何满满道谢。

　　"我不知道这样的调查结果究竟会不会让你感到宽慰，不过起码在这个世界里，你的爷爷是自然死亡的，你的父亲也并没有如你担心的那样对他的父亲心生怨怼，萌生杀意。其实你只要知道这些就够了。至于其他……"何满满顿了顿，想到了方才向盒子简报的内容，目光暗淡了几分，"那些是另一个世界的事情了。你……仅作参考。"

　　盒子攥着帆布包带子的手紧了紧，旋即又松开："我了解的，满满姐。"

　　"你家就在普江区这里吧？"

　　"是，就在这儿附近。"

　　何满满点了点头："快去吧。等忙完这阵儿就好好休息一下吧。别太累了。"

"嗯，那我先回家帮忙了。等过了这阵儿再请你和吕老师吃饭。"

何满满注视着这个身形单薄的姑娘汇入人潮，不一会儿便被吞没殆尽。她低头看了一眼手机，发现里面有三四条未读消息，都来自初中时的老同学岳杉：

"这周末《捕鼠器》[1]又要公演了。

"要不要一起去看？

"我记得你很喜欢阿加莎。"

其实初中毕业以后，何满满与他就没有联系了。前些日子初中同学聚会，互留了联系方式以后，对方最近时常约她出门。即便单身了二十五年，但是对于这种三番五次的邀请，何满满还不至于笨拙到看不懂对方的潜台词。

她想了想，脑海中浮现了岳杉清秀且守礼的模样，回道："好呀。"

甚至还来不及约时间和地点，对方的信息就又跳了出来：

"那就约好周六下午咯。

"演出晚上8点开始。

"我知道那附近有家很不错的烤肉店，我们可以先去吃个晚饭。"

何满满失笑。

---

1 英国推理小说家、剧作家阿加莎·克里斯蒂创作的话剧。——编者注（本书注释若无特别说明，均为编者注）

楔　子

被安排得明明白白。

与岳杉约定好了以后，何满满心中也有着连自己都无法轻易察觉的小雀跃，她开始对即将到来的周末有了一丝期待。

*

当何满满回到自调科的时候，小楠婆婆正靠在她工位前的躺椅上睡觉，手上还握着织到一半的毛线针。

与一般政府机构肃穆严谨的氛围不同，自调科的公共办公区由内而外散发着一种松弛懒散又轻松愉快的氛围，就好像幼儿园里绘满了向日葵和彩虹的涂鸦墙。

何满满尽量放轻脚步，回到自己的座位，甚至没来得及喝口水，一旁的阿坤就凑了过来："满满姐，你不是去做结案简报了吗？"

临近十月份的春申市依然热得不像话，即便室内开着冷气，透过敞亮的玻璃窗映射进来的阳光还是令人止不住地冒汗。

阿坤今天只穿了一件黑色的背心，下身搭配了一条极为骚气的豹纹沙滩裤，这导致他左手手臂和胸前的"獬豸"一览无遗。

阿坤最早进入他们调查科的时候，作为前辈，何满满连眉毛都在表达拒绝。彼时的阿坤染着杀马特小黄毛，戴着唇钉，相貌出众却带着侵略性，脸上还挂着先前打架后没有褪去的乌青。他是被小楠婆婆从街上"捡"来的。小楠婆婆本意是觉得他们的工作性质特殊，总不能全员都弱不禁风。何满满当时就想提醒小楠婆婆，是不是忘记他们科多少也算是正规的公务员编制，但是却在阿坤"凶狠"的眼神下生生地把话咽了回去。

后来的事实证明，所谓"凶狠"的眼神不过是何满满的臆想，只消稍稍相处就会发现，他只不过是个彻头彻尾的笨蛋帅哥而已，行动永远比脑子快一步。有些人或许天生就长着一张让人想要找碴儿打架的脸——事实上，阿坤自己也因此被莫名卷入过几次纷争当中。

何满满从包里拿出平行调查报告的原件，按照世界异化值的高低顺序整理完毕，并将结案报告附在最前面，然后将它们全部放入一个公文袋中。一切办理妥当，她才回答了阿坤的问题："已经给委托人报告完了。"她环顾了一下公共办公室："豆芽菜呢？"

阿坤现在和去年进来的豆芽菜是搭档。那是个格外聪明却胆小的孩子，何满满觉得副科长将他们安排在一起，一定是出于某种想要看热闹的坏心眼。

阿坤挠挠头："刚才我就感叹了一句'好热啊，想吃碎碎冰'，他就一溜烟地跑出去买了……我是不是又吓到他了？"

何满满虽然腹诽着或许豆芽菜是脑补了些"恶霸借零花钱"的桥段，却忍住了没有说出口。

"盒子的那个案子，嘎快就结了啊？"吕叔是老一辈的春申市人，话语间有着一股子叫人无法忽略的口音。他先前将腿跷在办公桌上看报纸，听到了阿坤和何满满的对话，将脑袋从大开面的报纸后面探了出来。

他是科里名义上的副科长，但是由于身为科长的小楠婆婆常年种花，喝茶，织毛线，所以科里对外决策和部署的担子基本上都落在了吕叔的身上。可惜，与其他科室雷厉风行的科长不同，吕叔身上懒怠的气质使他常常被埋没在人群中。其实这栋大楼里的所有人都知道，自调科的两位话事人都不怎么靠谱，因此少有人会将自调科放在眼里。

但何满满对此不仅没有丝毫不满，反而乐在其中。只要她能天天迟到早退，工作轻松，没有绩效要求，她希望能一辈子被看不起！

因为小楠婆婆还在午睡，所以何满满凑近了几步压低声线道："是，已经可以结案了。不如我现在就把资料移交给您归档？"

按照惯例，调查员结案时，会向科长或者副科长简述案情经过和调查结果，并提交平行调查报告原件和一份结案报告，以此就可以完成归档。

吕叔听了没有不应的道理，肥胖的身躯在椅子上小心翼翼地换了个姿势，避免弄出"嘎吱嘎吱"的声响："我们搞杯茶慢慢讲？"

何满满听了连忙摆手："刚吃完午饭，东西还在嗓子眼呢。"说着她扯了把凳子坐到吕叔的办公桌边，阿坤也闲来无事，蹲在一旁凑热闹。

严格来说，盒子的案子是吕叔介绍的。盒子原名何雪晴，她在莫国留学时的导师是吕叔多年的好友。何满满自觉最近闲着也是闲着，便接受了这项委托。

由于他们科室的特殊性，现阶段尚且处于某种……实验阶段，因而无法对外接受委托。他们运用的调查手段看似取得了某种革命性的进步，但至于它是否真的可以与现有的刑侦流程相接洽，抑或它自身的运作机制是否可以形成一套完整的逻辑链，还有待于人们进一步探索。

通过实战检验"平行时空传输装置"所获取的信息是否能够切实地运用于他们所在的世界，并作为某种有效的参考信息——这就是自然死亡调查科的工作。

何满满按照时间顺序将平行调查报告一份份地在吕叔的办公桌上摊开："盒子委托的初衷是希望我们帮她调查她爷爷的真正死因。吕叔您也知道，盒子一直在莫国读书，上周她收到家里人的信息，说爷爷病危，所以周一就坐飞机赶回了国。周二凌晨，盒子的爷爷就因为多器官衰竭过世了。"

吕叔边听着，手中边盘着他那对宝贝核桃，眯着眼睛道："多器官衰竭？盒子是对这个死因有什么疑问吗？"

"问题就出在这里。她周一下午到达病房的时候，听护士说老人家的状况已经比入院时好了很多，虽然他插着鼻导管和吸氧管，但看上去还算精神。"何满满顿了顿，指出了这个事件的症结所在，"但是根据盒子的回忆，那天长辈们在一旁讲话的时候，老人家悄悄地拉了她一下,并小声向她求助。"

阿坤蹲在一旁,不知从哪儿变出一根棒棒糖叼在嘴里:"求助什么?"

"'小姑娘,救救我,他们要杀了我。'"

"哟。"阿坤倒吸了口气,撇了撇嘴。

"当时病房里的人有很多。除了盒子的父母,还有她姑姑、表哥,以及她三舅婆一家。盒子当时以为自己听错了,还想再确认,却因此吸引了家中长辈的注意。然后,老爷子就像什么都没发生一样,再也不肯说什么了。没想到第二天凌晨老爷子就去世了。从盒子的角度出发,她自然会将老爷子的这句话和他的死联系在一起。更重要的是……"何满满停顿了,"盒子发现她在莫国求学的这段时间里,她的父亲、姑姑与爷爷因为旧房拆迁的事情闹得很不愉快,几乎到了老死不相往来的地步。在入院前,爷爷已经将自己的财产全都留给了姑姑,并搬去和她一起居住。"

吕叔点了点头:"因此盒子担心自己的父亲对爷爷心生怨怼,并起了杀心?"

"是这样没错,况且爷爷去世那晚陪夜的人,正是盒子的父亲。"

听到这里,阿坤来了兴趣,催促道:"所以结果呢?是他杀吗?"

"不是。"何满满直奔主题地说出了调查结果,"在我一开始去的十三个平行世界里,盒子的爷爷无一例外地病逝了。虽然时间上存在着细微的差别，但是相差都不超过一天，且死因均为多器官衰竭。只不过，发病的前兆略有不同。比如在'1.592＋''1.693＋'等世界里，和这里一样，衰竭也是从呼吸困难开始的；而在'1.1051＋''1.628＋'和'1.899＋'等世界里，爷爷的血压先是降低到安全值以下，然后开始陷入昏迷；在'1.238＋''1.862＋'等世界里则出现了心动过速的情况。"

吕叔了然："因为器官衰竭前的症状不同，不规律地在不同异化值的世界中交替出现，很大程度上反映了这是某种随机事件。"

"没错。"

如果老爷子的死是人为造成的，那么这件事作为一个重要节点所导致的结果，在各个平行世界的分布往往是有规律可循的。人类的选择遵循着某种行为逻辑，而这种行为逻辑往往可以从他们先前的经历中溯源。当然，选择和经历的不同也直接导致了"世界"的不同，以及异化值的形成。

"更重要的是，在许多世界中，最后陪伴在老爷子身边的人都不同。"何满满特地停顿了一会儿。阿坤并不擅长这种逻辑的推演，所以需要多给他一些时间来消化。

"但是，你调查到的应该不仅仅是这些吧？"吕叔拿起其中一张平行调查报告，笃定道，"你说你去了十三个平行世界，但是这里却有十四张调查报告。"

"还得是吕叔。"何满满由衷叹服，"事实上，对于老爷子为什么会对盒子发出那样的求助信息，我始终不解。因此我想要去尽可能多的平行世界进行数据搜集，终于在异化值2.0471＋的世界里找到了还活着的爷爷。他虽然也在两周前病重入院了，但是很幸运地被抢救了回来。

"正是在那个世界，我发现了一个很有启迪性的现象——在那个世界里，将爷爷送去医院的并不是盒子的父亲，也不是她的姑姑，而是三舅婆。她收到了来自盒子的姑姑的短信，说'老爷子好像不行了''我好害怕啊'，于是她二话没说赶到了姑姑家中，和盒子的姑姑一起将他送去了医院。很快我就发现在所有爷爷已经去世的世界里，三舅婆的手机都在两周前发生了故障。"

阿坤道："我不明白，这两者有什么关系？"

"这意味着拆迁以后与姑姑生活在一起的爷爷于两周前就已经病重。我刚才提到过，盒子的父亲和姑姑之前已经因为拆迁的事情闹翻了。"

"可是这不是老爷子病重了吗？"

"是的，所以才有了那条发给三舅婆的信息。那些文字的初衷是希望可以通过对方将'爷爷病重'的消息间接地传给盒子爸爸……可是在大多数平行世界里，信息中转出了问题，三舅婆的手机坏了，她本人没有收到消息。"

"我不明白……她为什么不自己将老爷子送到医院？"

"老爷子将所有的财产留给了女儿，并搬去跟她住，这意味着他手上再也没有任何可以被称为资产的东西。姑姑在等待的过程中似乎也意识到了这个问题，她正苦于如何兑现自己的承诺，她甚至会产生'如果父亲活得太久我应该怎么办'的情绪。'如果爸爸死了，就不需要再背负责任了吧'，这样的念头影响着她的行为。她暗示自己是在等盒子爸爸上门找她，但内心深处却在等待着……父亲的死亡。直到爷爷已经出气多进气少，她才不得不主动联系盒子爸爸，因为她无法独自承担老人的死亡。"

何满满缓缓说出了那个残酷的事实："整整一周多的时间，爷爷被自己的亲生女儿放置在一边，眼睁睁地看着自己的生命一点点流逝，即便再糊涂，他也应该明白了她要自己去死的心思。这个老人家最后的时光，或许正是在这种恐惧中度过的。"

自调科内沉默了半晌。

阿坤站起身"啧"了一下以表达他的不满。

吕叔将桌上的报告收好："这个案子，就这么归档吧。"

没有异议，大家四散开来。就在这个时候，豆芽菜提着一整袋子的碎碎冰从外面跑了进来。他满头大汗，笨重的黑框眼镜也已经滑到了鼻尖："坤哥，碎碎冰买回来了。"

袋子里什么口味的都有，不过最多的还是阿坤喜欢的可乐味。

何满满拿了一根蜜桃味的。

"对了，"此时，吕叔像是突然想起了什么似的，"下周科里要来个新人，是给满满找的搭档，你们都给我友好点！"

何满满嚼了嚼叨在嘴里的碎碎冰，一股桃子独有的香甜在口腔里弥漫开来："吕叔，我不需要搭档。"她自己都没有意识到此时她说话的语气颇为生硬："我一个人完成调查任务挺好的。"

楔　子

　　似乎预料到了她这种抗拒的反应，吕叔并没有放弃说服她："你看，你原本一直是两个人一起行动的……事情都过去那么久了。我们也不放心你总是一个人啊……"

　　"我可以要一个柚子味的棒冰吗？"小楠婆婆不知道什么时候已经醒了。

　　豆芽菜连忙从袋子里翻翻找找了一会儿，怯生生地抬起头："只有柠檬味的和橘子味的……"

　　小楠婆婆和蔼地笑了笑："其实都可以，那就柠檬味的吧。"

　　众人注视着这个像孩子般的老人心情很好地撕开包装袋，然后从中间拗开碎碎冰。

　　"满满，那个孩子我见过，是个听话的好孩子。"她一定是听到方才吕叔的话了，"我觉得你一定会喜欢的。"

　　何满满没有接她的话。

　　"如果你不想要搭档的话，我就只能拒绝他了。但是他似乎非常需要这份工作。"小楠婆婆开始循循善诱，"不要把他当作代替柚子的柠檬如何？他或许不是水果呢。"

　　何满满心念一动。她听懂了小楠婆婆的话外之音。

　　没有人要代替你的"柚子"啊。

　　办公室里陷入了少见的安静，阿坤和豆芽菜叼着碎碎冰呆呆地等着何满满的回复。

　　何满满意识到自己攥着手机的手已经发白，她骤然松了松心弦："我知道了，小楠婆婆。"

小楠婆婆将说服了何满满这件事情当作意外之喜："那真是太好了。"

但是何满满下意识地觉得，只要小楠婆婆想，无论是谁，最终都会被她说服。眼看着办公室里众人都回到了自己的工位上，何满满却有些恍惚，对于即将到来的新搭档，她的心中满是不确定。

第一章　埃弗里特[1]的多世界理论

---

[1] 埃弗里特（Hugh Everett Ⅲ，1930—1982），美国物理学家，20世纪50年代提出普适波函数理论，后被人命名为多世界理论。该理论认为，宇宙是由无数个平行世界构成的，它们独自演化，互不干扰，偶尔发生干涉。

第一章　埃弗里特的多世界理论

一

周一的早晨，何满满穿着睡衣晃晃悠悠地走下楼梯，到厨房给自己倒了一杯蜂蜜水。

她住的地方离办公室并不远，坐地铁不过几站路的距离，甚至不用中转。入职那年她就搬来了这里。这间酒店式的公寓不大，不过对何满满这样的单身女性而言是最理想不过的住处。她尤其喜欢客厅向阳的落地窗，窗外视野开阔。天气好的时候，暖洋洋的阳光会洒在木制的地板上，柚木会被沁出金黄色的光泽；雷雨天的夜晚，何满满喜欢坐在落地窗前，看着撕破天际的落雷，一下一下地打在这座城市上空。

身边的亲朋好友似乎总是不相信，在绝大多数的时候，何满满都极度享受独居带来的惬意。

她太过擅长取悦自己了。

交朋友对何满满而言并不困难，她是一个容易理解他人难处的人，只是这些年她并不热衷于结交崭新的"陌生人"。相比之下，她更喜欢和交往多年的"老朋友"们相处，这让她感受到舒适和惬意。某种程度上，她是个保守且念旧的人。

长辈们近几年开始劝说她应该花些精力认真找个男朋友了。

"等过些年你年纪上去了，就真的砸在我们手里了。"何满满从未想象过在她认知中一向通情达理的母亲，有朝一日竟如此不能免俗地对她说出这样的话。

就好像……她是货物一般。

对此，她没有激烈地争辩，而是从善如流地应着，却并没有尝试着做出什么改变。只有在居酒屋和好友酒过三巡的时候，何满满才会眯着眼睛，支棱着脑袋向友人抱怨："可是我觉得我一个人真的过得很好啊。我会自己拼家具，我会烧饭，我有充实的工作，寂寞的时候我还有朋友……可为什么她总觉得我需要尽快地脱离单身状态啊？"

何满满微醺状态的时候，脸颊会泛起红晕，并且喜欢抓头发，把好好的丸子头弄得乱糟糟的。

"我们谈恋爱并不是为了让他们为我们做什么的。"

友人的话让何满满有些疑惑，她有些大舌头地问："那是……为了什么？"

"是为了得到偏爱。"

人类这种动物对被偏爱有着超乎寻常的执着。相应地，极端情

第一章 埃弗里特的多世界理论

况下人类为了获得偏爱也会做出伤害他人或者伤害自己的事情。

友人说话时的样子已经在何满满的脑海里逐渐模糊了,可是她的话却被如此清晰地保留了下来。

何满满接受了她的观点。

她开始尝试接受来自他人的偏爱,并试图偏爱他人。

然而……她却一直没有成功。

浓浓的香味从咖啡机里传来,烤箱里的蒜泥面包也已经变成诱人的颜色。何满满将三分之一杯咖啡倒进偌大的马克杯,然后加入整整一瓶牛奶。这是她的固定早餐,起码在过去的一年里都没有变过。

何满满坐在餐厅的吧台前,一边咬着热乎乎的面包,一边查看着手机。她的目光落在和岳杉的通信记录上,她踌躇了一下,还是点了进去。

盒子委托的调查结果让她的心像是被什么堵上了。这种感觉在她刚刚进入调查科的时候时常会出现。他们虽然不经常接手恶性死亡事件,但是很多时候,那些平凡的"自然死亡"本身才更让人感到悲哀。

那个时候,她是怎么熬过来的呢?

何满满仔细想了想,恍然大悟,因为有"她"在啊。

可是,"她"离开以后,连记忆中的面容都变得模糊了起来。

后来,何满满接手的案件多了,逐渐学会了控制这种低落的情绪。

周六的时候下了一整天的大雨,窗外阴沉沉的,何满满下午才昏昏沉沉地想起晚上约了岳杉的事情。她连滚带爬地从床上起来,换衣服,戴隐形眼镜,化妆,一气呵成。

出门前她查了一下路线,发现来得及,然后提了小手袋,拎起玄关处的长柄伞出了门。在下楼的电梯里她还给岳杉发了信息说:"我出门啦。"

过了一段时间,她收到了岳杉那边发过来的信息:

"抱歉!

"我今天忽然有急事来不了了。

"真的很抱歉!"

彼时何满满已经到了地铁站,她停在闸机口看着手机愣了一下。照理说,对这种在最后一秒钟取消活动的行为,她应该感到气愤,但奇怪的是,在那一瞬间,她非但没有这样的情绪,反而觉得有些如释重负。她唯一的一点点遗憾是出于未能看到演出。

她回复道:"没关系,你先忙吧,下次再约。"

消息发出去后,她拎着伞,步子甚至有些轻盈地去了住处附近的一家烤肉店,坐在靠窗的位置,一抬眼就能看到外面的雨幕。她徒手用生菜包着泡菜和烤肉,一口下去,满是"肉欲"给人带来的幸福感。

咖啡的香气将何满满拉回了现实。

她的目光停留在手机的屏幕上。

没关系,你先忙吧,下次再约。

第一章　埃弗里特的多世界理论

这是他们对话的最后一句。

她记忆中的岳杉一直是个靠谱且有礼貌的人，依照多年前和他同窗时期对他的认知，他不到万不得已是不会轻易爽约的。周六那天，他理当是遇上什么棘手的麻烦了吧。何满满拿着手机想了想，还是表示关切地询问了一句："你周六那天没遇上什么事吧？后来都顺利解决了吗？"

发完以后她便收拾了一下，拎上通勤用的托特包出门了。然而，直到她到达办公室楼下，往日里无论什么信息都秒回的岳杉依旧杳无音信。何满满心下有些奇怪，担心对方是否真的不小心被卷入什么事件当中了，因而又发了一条信息过去："你还好吗？"

可是出乎意料地，她看见了自己发出去的那条信息旁边出现了红色的惊叹号，聊天框中出现了一行灰色的字："消息已发出，但被对方拒收了。"

她被拉黑了。

何满满在大楼的门口停驻，一手托着手机，仿佛是在慎重地确认自己已经被拉黑的事实。对方是看到了她早上发的信息才选择拉黑的，这样的事实几乎不言而喻。何满满花了几秒钟回忆了一下从上周约好见面到刚才，自己是否有说过任何令人恼火的言论，答案是否定的。对于岳杉忽然的态度转变，何满满毫无头绪。

在最初几秒令人失控的无名怒火消散以后，何满满的心中很快产生了一种"啊，果然如此"的想法。

从高中时代至今，她的身边总会出现像岳杉这样的人：他们以热情而主动的姿态出现，并在某个时间点戛然而止般地消失在她的生活中，就好像忽然之间对她失去了兴趣一样。

如果只是一两次，何满满完全可以将其归结为令人不怎么愉快的巧合。但是当它变成某种频繁的事件时，纵然是何满满也难以不产生"我是不是无法被人偏爱"的想法。

可是，她毫无头绪。

所幸这些人往往来得快，去得也快，因而并没有来得及对何满满产生实质性的影响。

岳杉可能只是"他们"中的一个……

很快，她关上了手机，将它丢进了托特包里，抬头看了一眼高耸的总部大楼，又充满了干劲。她提了提肩上的包，脚下生风地迈入了她工作的大楼，将岳杉带给她的疑惑和不快全都丢在了大楼外。

*

自调科，也就是自然死亡调查科，位于总部大楼的十九层。与他们共享这个大平层的还有公认最为忙碌的重大刑案调查科。

重刑科的警员们就仿佛一台台永动机，回家休息对他们来说简直就像是下雨天窝在家里边吃零食边看电影般的享受。特别是近年来春申市恶性刑事案件数量陡增，这些侦查任务无一例外地

第一章　埃弗里特的多世界理论

最后都会落到重刑科头上。

因而，如果有人路过总部大楼的十九层，就会看到这种具有冲击力的对比画面：占据绝大部分面积的重刑科警员们火急火燎地疲于奔命，电话或是复印机工作的声音是永恒的主旋律，有时路过科室门口还能听到科长训斥下属时的怒吼声；而在走廊尽头的小小自调科内，一年四季都散发着令人身心舒畅的祥和气息，早茶、午饭、下午茶一顿都不少，上到科长下到调查员都时常迟到早退。

有时，被重刑科折磨得不成人样的小朋友会自发地挂在自调科门口"吸氧"。据说这种慵懒的工作氛围是他们的续命良器。

而今天，当何满满走到自调科门前的时候，却发现隔壁科室的警员这次并没有挂在入口处，而是登堂入室了。

何满满看了一眼挂在墙上的表，时间即将指向 10 点。阿坤还没有到。这家伙在没有调查任务的日子里基本上都会迟到几个小时。

她很快就注意到，眼下自调科里所有人的手中各自捧了一杯饮料。小楠婆婆更是笑眯眯地一边用勺子挖着撒有碧根果的奶盖，一边品尝着手边的蝴蝶酥。吕叔则哼着小调看着报纸，时不时喝上一口奶茶。相比之下，豆芽菜算是十分规矩地端坐着，并认真嘬着奶茶里的珍珠。他最先看到门口的何满满，站起来指了指休息区："满满姐你来啦！肖恩前辈给我们带了奶茶。"

休息区放置着一张茶几和一张非常舒适的沙发，旁边还有一把藤木摇椅，上面铺着小楠婆婆亲手织的橘黄色小毛毯。

肖恩方才正坐在沙发上等着，隔着科室的落地玻璃看见何满满从楼道那头走来的时候就已经站起身来了。

重刑科是有专门的制服的，里面有包括衬衫、马甲、西装、风衣在内的一整套行头。那些完全顾不上仪容仪表的警员往往穿着一件白衬衫就外出调查，天冷了就披上风衣。没有什么人乐意扣上皮质的马甲，因为他们认为那东西烦琐又勒人。这么多年以来，肖恩是何满满所见到的唯一一个连马甲和皮质袖箍都规规矩矩穿戴的警员。

"给你带了茉香玛奇朵。"茶几上还摆放着好几杯饮料，肖恩几乎是在一瞬间找到了其中一杯递了出去。

何满满还没放下包，就走向休息区，笑眯眯地接过饮料："谢谢。"她喝了一口，茉莉花的气息和奶盖的香甜很快就在嘴里弥漫开来："怎么，遇上棘手的事情了？"

严格来说，肖恩应该算是她的同期。他们是在同一天到人事部报到的，并且一起接受了新人培训。彼时的肖恩刚刚毕业，除了比旁人更加克己、更加寡言一些，总的来说还是一个普普通通的青年人。只是这些年在重刑科饱受摧残以后，肖恩整个人都发生了肉眼可见的变化。别的不说，仅仅是气场就会给人一种"公职人员"的疏离感。

如果他当时就是这副生人勿近的模样，何满满怕是打死也不会上前和这位同期交谈的。所幸熟悉了就知道，他本人只是对跟陌生人相处颇感为难，对同事和相识多年的好友而言，他并不是一位难相处的伙伴。入职以后这三年，因为是同期，又在一层楼工作，所以他们时常会在闲暇时（主要是肖恩难得休息的时候）吃吃夜宵，聊聊最近手头的案子。

他们就像一条铁路的两股变道，一条驶向繁华而忙碌的市中心，一条驶向宁静而祥和的小镇，纵然能同行一程，但最终还是要奔向截然不同的方向。

每当肖恩忙得连续四十几个小时没有休息的时候，何满满总是闲适地在办公室享受人生。他们两个就仿佛重刑科和自调科的缩影，形成了鲜明的对比。

不过，忙碌的工作是有意义的。从刚刚认识的时候起，何满满就意识到肖恩非常具有做警员的天赋，他敏锐、果断，并且能够排除一切情感因素，以最快的速度看清事情的本质。他仿佛天生就应该从事这份工作。事实证明，肖恩的确非常出色，半年前已经可以带领小组成员独立完成案件的侦办了，这样的晋升速度史无前例。

反观何满满，她全身上下都散发着"咸鱼"气息，并以此为傲。

"难道我就不能只是来和大家闲聊的吗？"肖恩这句反问不算承认也不算否认，但是说话间，他已经从身后的公文包中抽出了一个档案袋。

当何满满在沙发上坐定时，那份厚厚的文件就被递到眼前了。何满满简直被气笑了："那你倒是做做样子啊！"她低头看了一眼那个文件袋上面写着的字，原本挂在嘴角边的笑容渐渐地敛了下去。她将喝到一半的奶茶放到茶几上，卸下包，打开了文件袋。

当里面的信息映入眼帘的时候，何满满还是忍不住看向了肖恩。后者点了点头："昨天晚上收到的任务，由我的小组全权负责'大丽花案'。"

肖恩也垂下眼帘，他的睫毛很长，叫人看不清他现在的眼神，他的目光正落在文件首页那张受害者的照片上。那是一个处于花季的年轻女孩，皮肤白净，山根处有一颗浅浅的痣，嘴角挂着若有若无的笑意，束着高高的马尾辫，令人觉得很是清爽。

肖恩介绍道："被害人戴理桦，市第四中学高三学生。一周前被人以……极其残忍的手法杀害了。她的遗体被丢弃在下城区吴淞河桥的桥墩处，直到第二天早晨才被环卫工人发现。"

他的话音落下，周遭一时间只能听到挂钟指针走动的声音。自调科是既无隔挡也不隔音的大空间，哪怕是坐在所谓的"休息区"，小楠婆婆等人的状态也一览无遗，换言之，他们也将肖恩刚才所说的话听得一清二楚。

何满满往日里虽然不会特别关注重刑科接手的案子，但是不会不知道"大丽花案"。因为从官方通报的那天起，各大媒体对这宗案件的报道可谓铺天盖地。第一目击者的专访、对受害者家属和学校的秘密调查，或是国内外相似案情的回顾，人们对它仿佛有用不完的热情。

媒体对此趋之若鹜的原因其实很简单，虽然近年来春申市的刑事犯罪率不断攀升，但是手法如此残忍的恶性事件还是屈指可数的。

虽然戴理桦被发现的时候还穿着失踪时的校服，但是身体被从肚脐处完全切断。所以当可怜的环卫工人在清晨发现尸体的时候，最初还以为是一个学生突发不适倒在了地上，走近了才发现，尸体是被从中完全分离开的……

凶手非常小心谨慎。为了防止调查组从受害者的身上获取任何指纹或 DNA 信息，他将戴理桦的身体里里外外地清洗过。女孩的血液被排干，穿上了衣服，丢弃在人迹罕至的桥墩下。

"大丽花案。"何满满缓缓地念出了档案袋上的字。

肖恩似乎能够察觉到她在想什么，向她解释道："戴理桦的死状确实和伊丽莎白·肖特的死状非常相似。所以媒体用了这个代号。最开始是《春申日报》将戴理桦案与 20 世纪中叶发生在莫国南部城市洛城的另一桩惨案'黑色大丽花案'联系起来的。"

何满满之前因为忙着调查盒子的委托案，只是初步了解了一些关于"大丽花案"的情况，看到媒体上这么写，人们似乎也就这么将这个名字传开了。其背后的渊源她却了解不多："那是一个什么样的案子？"

肖恩一向对国内外的重大刑案了如指掌："1947 年 1 月 15 日，23 岁的莫国女孩伊丽莎白·安·肖特在洛城西南部诺顿街区大道

3800号的一块空地上被人发现。肖特虽然平时自称演员，但她其实始终在贫困线徘徊。她不得不出卖肉体以换取出镜的机会、首饰、酒，甚至是食物和容身之所。人们最后一次看见肖特，是在发生过多起命案和灵异事件的塞西尔酒店。"

何满满问道："这么看来，那家酒店确实很邪门啊！不过肖特在失踪前也入住了这家酒店吗？"

"不是，人们最后见到肖特是在塞西尔酒店一楼的酒吧，此后她就不知去向，直到15日早晨被人在空地上发现。"肖恩顿了顿，"'黑色大丽花案'至今悬而未决。肖特被一位名叫肖特·勃辛格的家庭主妇发现的时候，由于浑身上下的血都被排尽并且清洗干净，所以起初肖特·勃辛格认为那只不过是一堆被废弃的石膏模型。直到她走近了才发现，那是一具被拦腰斩断的尸体。她身体的上下两个部分相隔将近半米，下半身的双腿被分开并被摆成了一个很大的角度。受害者的乳房遭到了非常严重的破坏，并且她的嘴角被割开，伤口一直延伸至耳根。这仿佛是凶手特殊的嗜好，希望她露出某种诡异的笑容，或是模仿恐怖片中小丑的形态。那块空地上并没有血迹，很显然那里并非第一案发现场。"

仅仅是听肖恩不带任何渲染性质的客观描述，何满满就感觉自己有些脊背发凉。她甚至觉得自己的腰部有一瞬间丧失了知觉。她下意识地揉了揉肚子，仿佛在确认它的存在："听你这么描述，我似乎可以理解媒体将这两桩案件联系起来的原因了。"她伸出手指细数："分尸、排血、里里外外洗净、弃尸，怎么看都像是一个翻版。更何况，戴理桦的名字听上去又恰好与'大丽花'有些相似……真是令人不寒而栗的巧合。"

肖恩认同地点了点头，表情严肃："确实是这样，不过还有一些媒体不知道的事情。当时，肖特的验尸报告提到她身上有诸多伤痕，如脚踝处的捆绑伤、多处香烟造成的烫伤、大腿部的多处刀伤，以及……下腹部有一处子宫切除术的伤口。"

"你是说……"

"根据最新的法医勘验结果，戴理桦的子宫也被切除了。"

何满满猛吸了一口冷气，半晌才喃喃道："这看上去……是极具性暗示的行为了。"

肖恩无奈道："确实如此。"

"现在这个案子进展到哪一步了？"

"其实重刑科也是上周末才正式接手了这个案子。前期调查时，我们是想用现代刑侦技术，通过摄像头和人脸识别对下城区吴淞江地区进行筛查，试图以此找到可疑人员。只不过你也知道，自从几年前通过《公民隐私保护法案》以后，我们被允许调用的摄像头信息只剩下不到百分之十。下城区的摄像头本来就不多，调查一无所获也在情理之中。"

几年前，人脸识别技术已经发展到了前所未有的高度，那个时候遍布于大街小巷的监控成了重刑科警察们的主要破案工具。除了公共摄像头以外，公司、物业、个人都会选择安装监控以保护自身的生命财产安全。但是科技从来都是一把双刃剑，就在人们享受着科学技术带来的福祉时，却发生了臭名昭著的"阿尔戈斯事件"。那次事件看似偶然，却将人脸识别技术以及大数据泛滥的恶果暴露无遗。人们第一次真切地感受到，原来作为一个普通人，自己很有可能时时活在某个陌生人的监视之下。

因为接连爆出的几桩刑案都是人脸识别技术采集到的数据泄露所致，那段时间社会对监控和摄像头的关注度很高。一时间，全社会陷入了一种恐慌的气氛当中，不少人出门时会特意用头巾遮住面容或是改变行走方式，以避免自己成为数据的采集对象。各地出现了许多"反监控"组织，并暴发了规模不小的集会活动。直到后来《公民隐私保护法案》出台，社会公共空间的摄像头被裁减至原本的十分之一，这种在社会中弥漫的紧张情绪才得到缓解。但是相应地，这也为警方运用现代刑侦技术破案带来了极大的不便。何满满就不止一次地听重刑科的前辈抱怨过，他们的侦查方式一下子倒退了十几年，破案手法也肉眼可见地"原始"了起来。

"案子那么快被转到重刑科，估计社会舆论的压力也起到了不小的作用。"何满满感叹道。

"是的。你也知道这些年我们被'雕塑师连环杀人案'压得喘不上气，重刑科已经不能承受第二桩悬而未决的恶性案件了。"肖恩揉了揉眉心，一脸无奈，"鉴于戴理桦身上并没有挣扎过的痕迹，科长还是希望我专注于受害者的人际关系，他更倾向于熟人作案。"

何满满听出了重刑科科长的言下之意：起码我们的社会还没有危险到一个高中女生走在路上就面临着被陌生人虐杀风险的地步。

"科长给我下了死命令，要求我在一周内破案。"

"一周？"听到这个不合理的期限，何满满下意识地为他打抱不平，"他当现在还是几年前呢？"

"所以我这不是想到你了吗？根据我们手头现有的证据，在那么短的时间内破案必然希望渺茫，所以我希望你可以……帮帮我。我记得你曾经跟我说过，做平行调查的黄金时期是两周，现在距离案发已经过去一周，还有一周的时间，或许可以利用平行调查……"认识这么多年，何满满知道肖恩绝对不是个愿意轻易麻烦别人的人。如果不是任务紧迫，他不会这么郑重其事地跑来自调科拜托自己。

其实自调科的业务范围在调查组内部并不是什么不可说的秘密，但"自然死亡调查科"这样不言自明的名字，让人们自以为已经对这个部门的工作内容了如指掌，甚至不愿多花一些时间去真正地进行了解。因此，大多数人认为自调科是区别于重刑科的、对无法立案的死亡案件做前期资料搜集的科室。肖恩因为与何满满是朋友，与小楠婆婆他们也混得很熟，故此是少有的几位真正了解自调科运转机制和工作内容的警员。

过去在他查案遇到瓶颈的时候，何满满也曾帮忙做过平行调查。只不过像现在这种郑重其事的委托，算得上第一次。

何满满斟酌了一下："肖恩，我们的科室名字叫'自然死亡调查科'。这个案子看起来……很不自然啊。"

肖恩抿嘴深以为然："确实。"

"不过，"何满满看向工作区的诸位同人，小楠婆婆正双手捧着饮料，无辜地看向休息区，"不过既然喝了你的饮料，哪有不帮忙办事的道理？"

原本以为自己已经遭到拒绝的肖恩听了何满满的话，先是反应了几秒钟，随后其情绪不多的脸上展现出肉眼可见的开心："谢谢。"

何满满摆了摆手："不过有些话还是说在前头比较好。你也知道自调科的性质，平行调查很多时候也是看运气的，更重要的是调查得到的内容只能作为参考而非证据使用，顶多只能为你提供某种思路或者是大方向。"

肖恩郑重道："这些我知道。你愿意帮我进行平行调查，对我而言已经是莫大的帮助了。等这个案件结束了，无论结果怎么样，我管你三年奶茶。"

何满满不知道该说什么。

这大概是肖恩能够想到的最好的报答了，多么朴实无华。

何满满站起身来，将手边的托特包抄起来背在身上："我一般会先去了解一下当事人……也就是被害者的生活背景，最好是那些细枝末节的事情。那些细小的随机性事件往往对调查很有帮助。所以你这两天如果打算对戴理桦身边的人进行走访的话，可以叫上我。"

"如果是这样的话,"肖恩也跟着她站起身,穿好先前搭在沙发上的风衣,"那现在就出发吧。我正打算去一趟戴理桦的学校。"

"现在?"何满满没想到时间如此紧迫,不过想到重刑科的办案节奏也就理解了,"行,那走吧。"

吕叔的声音适时地从报纸后面传来:"勿要忘记今天新人小朋友要来报到的,你们赶紧搞,下午要回来一趟见见搭档的。"他说这话的时候两条腿还跷在桌上,连头都没探出来。

"你有新搭档了?"肖恩对何满满之前的事情多少了解一些,也非常清楚她的态度,忽然听到这个消息,他略微有些意外。

何满满压低了声音,有些无奈道:"小楠婆婆道德绑架来的……"

"那个孩子现在在人事部门报到,估计下午才会到科室。"小楠婆婆笑眯眯道,但是何满满觉得她一定是听到自己的抱怨了,"满满呀,你作为搭档,下午就给他介绍一下工作性质和具体内容。还有,既然答应了小肖,就要认真一些,这次调查就带上你的新搭档吧。没有什么是比实战更好的适应方式了。"紧接着她侧头对吕叔道:"小吕呀,给阿坤那个孩子打个电话,今天有新人来,可不能翘班了。他的搭档可是从来没有迟到早退过的。"

忽然被点名的豆芽菜涨红了脸。

吕叔和何满满在小楠婆婆面前同时乖巧地应了一声:"好。"

随后,何满满就跟着肖恩出了科室。到达电梯口的时候,肖恩道:"你先在这里等我一下,我去办公室拿一下证件和车钥匙。"

何满满点了点头,乖乖地站在电梯口等了一会儿。其间遇上几位进出电梯的重刑科新人,风风火火的样子,与何满满点头打了个招呼。

电梯门再一次打开时,里面走出一位健壮的中年男人,何满满下意识地往边上让了让。这个男人穿着一件白色的衬衫,外面套着一件黑色的夹克外套,内敛而稳重。令何满满印象深刻的是,这个男人的眉眼有些混血感,鼻梁很高,看上去很像西部地区的少数民族。

他走出电梯后似乎有些疑惑,看了看左右两边的科室,踌躇了一会儿,似乎不知道应该走向哪边。正巧,他的视线对上了何满满,他便顺势问道:"您好,重刑科的张若初警官约了我上午见面,不知道应该怎么走?"他的声音听上去有些疲惫和沙哑,但是说话的语气令何满满不由得想起她在国外留学时期遇到的做派颇为绅士的老教授。

张若初对何满满而言并不算陌生,他一年前入职重刑科,是肖恩亲手带的第一个小徒弟,平时大家都叫他阿初。按照肖恩的原话,阿初在每天需要和"恶魔"打交道的重刑科里,像个大过年举着仙女棒看别人玩窜天猴的小朋友,天真而浪漫。这小伙子缺乏一个警员该有的沉稳和老到,若是遇到别的上司,他免不了天天挨骂的份儿,但肖恩却很欣赏他展现出的赤诚和朝气。

一般而言,重刑科约谈涉案人员是需要警员到楼下去接的,也不知道这位先生在阿初不在的情况下是怎么上来的。

不过何满满旋即意识到了另外一个问题：如果是阿初约的人，那便是受到了肖恩的指令，这位先生……应该是"大丽花案"的涉案人员。

思及此处，何满满道："我带您去找他吧，这边走。"

"有劳。"

只不过他们刚走了没几步，阿初就一路小跑着从里面出来了，后面还跟着缓步走来的肖恩。阿初来到那中年男人面前道："您是蒋庆山先生吧？我是张若初，麻烦您特地跑一趟配合我们调查，这边请。"说完，他侧头对何满满合掌感谢道："满满姐，多谢你帮我招待蒋先生。"然后他便引着蒋先生往重刑科里面走。后者回头看了一眼何满满，恭谨地点头示意一下便跟着走了，与肖恩错身而过。

肖恩走到电梯口，按了下行的按钮，丝毫没有回去旁听的打算。

何满满看着人来人往，也不便多言，直到进了电梯只有两个人时才道："方才那位……"

"蒋庆山，受害者戴理桦的父亲。"

何满满露出一副"果然如此"的表情："你不打算亲自去了解情况吗？"

"重刑科的工作量太大了，小朋友们总归需要独立处理一些工作的。更何况，他的大部分个人资料，科长那边之前已经给我了。这次主要是让阿初了解一下他与死者的父女关系。"

"女儿横死,做父亲的应该花了很长时间才接受这样的事实吧。"何满满将背靠向电梯感叹道,"戴理桦的母亲呢?你们没有请她来一起配合调查吗?"

一般来说,母亲与女儿的关系往往会亲密于父亲与女儿的关系。

"戴理桦的母亲在她小学的时候就去世了。"肖恩道,"顺便提一句,这位蒋庆山也不是戴理桦的亲生父亲。你就没有对两人姓氏不同一事产生丝毫疑问吗?"

他侧过头来看着何满满,脸上虽然没什么表情,但多年的相处让何满满轻易从他的眼神中读出了揶揄。然而这个消息令何满满颇为震惊,她也就没有与他计较:"养父?那戴理桦的亲生父亲呢?"

"戴理桦是遗腹子。她母亲在她出生一年后就改嫁了当时的复员军人蒋庆山。只不过她母亲的身体似乎一直不大好,很快就因病去世了。戴理桦此后就跟着养父一起生活。蒋庆山转业后在供电局工作,目前已经算是管理层。"

"这些年父女二人一直相依为命?"

肖恩点头:"据我所知,蒋庆山并没有再婚。"

"那么,"何满满转向肖恩,定定地问道,"理桦自己是不是清楚,她是个养女呢?"

这个问题似乎真的将肖恩难住了,他想了想:"我不知道。凭我目前掌握的资料，我并不能回答你这个问题。"

何满满笑了笑，后背又靠向了电梯："无妨。我相信总有地方会告诉我们答案的。"

*

市四中是春申市一所百年老校，也是20世纪初春申市学生运动的发源地。它有非常厚重的历史沉淀，时至今日，校园内依然保留着不少古建筑，以及当年学生运动时第一口被敲响的钟。

那口老钟内的铁砣虽然早已断裂，早已无法发出洪亮浑厚的声音，但是它依然被挂在学校的六角凉亭中，虽无声息，其存在本身却依然振聋发聩。

就好像一代又一代奋斗的学生一样。

面对世事艰辛却不灭良知，明知螳臂当车却只身前行。

何满满抬头看着那口古钟，思绪有些飘忽。

"你在看什么？"肖恩走到她身边问道。

何满满收回目光："没什么，只觉得是口漂亮的古钟。"

"确实是口非常漂亮的古钟，只可惜已经哑了。"肖恩身边跟着的一位年轻老师接口道。他戴着一副金丝眼镜，手里抱着一套化学试卷，气质温和内敛，会让人自然而然地想到古时候进京赶考借宿古庙的文弱书生。他的目光也落在那口古钟上，神色间有些遗憾，似是察觉到何满满也在看他，便很快收回了目光，不好意思地挠了挠头："我是戴理桦高三的班主任，秋茗。刚才孩子们在化学考试，拖堂了，实在不好意思来晚了。"

看到他这个样子，何满满心中腹诽：真是个温和有余、气势不足的班主任。

肖恩例行向他出示了一下相关证件，然后道："正如之前电话里沟通的那样，我们这次来是想进一步了解一下戴理桦失踪那天的动向。"

"如果可以的话，我们也想要和戴理桦的同学们沟通一下。算不上问询，只是非正式的谈话。"何满满在旁边补充道。

秋茗点了点头，神色了然："应该的。孩子们一会儿有节体育课，然后就是午休，到时候我可以请他们来会议室谈话。"他环顾了一下四周："我们不如现在就去年级组的会议室吧，站在花园里谈话总归不方便。"

何满满和肖恩对视了一眼，深以为然。

秋茗将他们带到了高三年级组的会议室。会议室的门大开着，里面有一张红木的椭圆形长桌。秋茗老师做了一个"请"的手势："你们请进，我先去隔壁给你们倒杯水。"

一个四十多岁的男人正巧路过，他的肚子已经有些发福，勉强靠衣服扣子维系着快要弹出来的肉，玳瑁色的眼镜由于出汗有些下滑，腋下夹着一把三角尺教具和几本数学书。他探头往会议室这边张望了一下："小秋啊，你怎么私自占用会议室呢？上次校长开会的时候一再强调,不使用的教室和办公室要关门关灯。"

秋茗老师在他面前明显处于弱势:"主任,这两位是调查组的警员,今天来是要了解一下有关戴理桦的事情。"

听了这话,这位主任几乎是瞬间转换了态度,两步走上前,像是没有看到何满满似的毫不犹豫地抓住了肖恩的手:"之前不知道是调查组的同志,多有怠慢。鄙姓万。"他腋下的教具因为这大幅度的动作就要滑落,他连忙一把抓住,将他们引进会议室,然后转头有些不满地对秋茗老师道:"怎么也不给倒杯水?"

后者听了也没有辩驳,只是顺从地进了隔壁的办公室,不一会儿便倒了三杯水来,摆到了三人面前:"请用茶。"随后他也跟着落了座。

这位万主任似乎一眼就看出了肖恩是总负责人,又或是下意识地认为,像何满满这样年纪轻轻的姑娘充其量只会是个助理,故而他的注意力始终都在肖恩身上:"还劳烦警官特地跑一趟。先前你们的同事也来学校了解过情况,还带走了不少戴理桦同学日常使用的书本和用品。"

肖恩从随身的公文包中取出平板,摆在桌面上。何满满知道,他和自己在习惯上很相似,这样做就意味着他已经准备进入工作状态了。果不其然,肖恩随即开口问道:"之前同事也向我交接过一些被害人失踪当日的行程。她那天早晨是准时来的学校?"

这个问题万主任回答不了,他只能转头看向秋茗老师。后者往前坐了坐,规规矩矩道:"是的,理桦同学是我们班的班长,她平常到校的时间也很早,所以有一把班级的备用钥匙,可以帮同学们开门。"

"放学的时候也是她负责锁门吗?"

秋茗老师摇了摇头:"我和另外一位同学也有备用钥匙,我一般回去得比较晚,走之前会来班级锁门的。"他顿了顿:"不过上周一,理桦同学其实中午就请假离校了,连午饭都没吃。"

肖恩对此并没有表现出很大的兴趣,想来这事在之前的调查报告中应当也有提及。何满满接口道:"她请假离校的原因是什么?"

不想这个问题却令秋茗老师面露难色:"其实她每过几个月都会请假半天,中午离校,而且每次都会带来她父亲写的请假条。上面说是需要做例行检查,至于这个检查具体是什么……说来惭愧,我这个老师也不是很清楚。"

"她每学期都会请假?"这个信息倒让何满满产生了兴趣。

"是这样没错。其实也算不上太频繁,一个学期总归会有一到两次吧。从我担任他们高二班主任到现在,一直是这个样子。"

"戴理桦同学身体不好吗?"

秋茗老师摇了摇头:"据我所知,她似乎并没有什么身体疾病,不需要免修体育,平时也几乎不请病假。"

那这个检查是什么呢?又或者,她根本没有进行什么检查。如果是后者,那她定期请假离校,究竟是去做什么呢?抑或是……去见什么人?

"她那天是几点离校的？"

"上午最后一节课结束后，大概11点半。"秋茗老师说这话的时候，室外传来了下课的铃声，"同学们下课了，需不需要我现在请他们依次来面谈？"

肖恩道："那就有劳了。请告诉学生们，只是了解情况，不必太过紧张。"

"戴理桦同学有没有关系特别好的朋友？"

秋茗老师思考了一下，道："她好像和谁都相处得不错，如果硬要说关系特别好的……应该是赵萌吧，那两个孩子几乎形影不离，连到办公室送作业也要一起。"说完，秋茗向他们示意了一下，便离开了会议室。

万主任适时地插嘴："戴理桦同学的案子就拜托你们了。她高一的时候我教过她，直到出事前她一直是班上的尖子生。她化学特别好，之前参加全国的化学竞赛，还捧了座奖杯回来。其实在她出意外以前，他们高三'直推生'的名额就已经落在她头上了……不管怎么说，希望你们能够早日破案，还那个孩子一个公道。"

"我们会的，这也是我们的工作。"肖恩承诺道。

万主任站起身，又将教具和书本夹到腋下："你们应该是打算和学生们单独问话的吧，我就不打扰你们了。"

待万主任离开，肖恩忽然开口道："我的同事询问过戴理桦的父亲，他说自己并没有为她写过假条。"

"假条是戴理桦自己写的？"

"应该是这样没错了。"肖恩顿了顿,"不过,蒋庆山的工作很忙,时常要出差,也正是因为这样,戴理桦从小就很自立。这种自立意味着,凡是她认为没有必要麻烦蒋庆山的事情,她都会自己完成。我想,其中也包括给自己的卷子签名,或是……写假条。"

对于肖恩的说法,何满满是认同的。那些缺乏与父母相处机会的孩子,总会在遇见那些小困难时,下意识地选择不向家人寻求帮助;慢慢地,即便遇上了大困难,他们也会选择自己承担;最后,他们会忘记,原来自己还可以向家人寻求帮助。

*

由于时间有限,何满满和肖恩将学生分成了两批进行一对一问话。其实这个问话是何满满在来学校的路上向肖恩强烈要求的,她需要亲自通过同学们的话语在心里构建出戴理桦的形象。

不是受害者戴理桦,而是作为学生存在的、活生生的戴理桦。

"你只需要让他们向你描述一下他们所知道的戴理桦是什么样子的,她的喜好、她的习惯、她的兴趣……任何细枝末节的东西都可以。"

于是,根据她的要求,肖恩开始与同学们谈话。

何满满特地将秋茗老师口中与戴理桦关系最为亲密的朋友赵

萌安排在与自己对谈的组别。赵萌与戴理桦关系亲密并非只是秋茗老师的个人看法，在和几个同学对谈完以后，何满满发现他们都有着这样的共识："班长似乎和谁都能聊得下去，但和她关系最好的还是赵萌，她们好像分班之前就是同班同学。"

除了平和友善，关于戴理桦，同学们提起最多的特质便是细心。其中一名男生在回忆时还不好意思地笑了笑，但很快，他仿佛忽然意识到戴理桦已经不在了，嘴角的笑容一点点垮了下去："我有点乳糖不耐受，班级里买奶茶的时候她都会特别给我点杯其他的……而且，虽然班长和赵萌玩得最好，她还是时常会问落单的同学要不要一起吃午饭，或者在其他需要小组活动的时候关照没有分组的同学。"

何满满将"细心"两个字记在了平板上，并在后面打上了一个小小的问号，然后继续问道："那你知道上周一下午戴理桦同学去干什么了吗？"

那个男生想了想："她好像家里有事吧。我听到她是这么跟赵萌说的。"

家里有事？

跟请假条上的说法不一样。

戴理桦的同学们对她的评价大多和这个男生相似。何满满的脑海中慢慢勾勒出了这个女孩的样子：她是个在各种意义上都很优秀的人，成绩优秀，性格很好，心思细腻，只是有一些讨好型人格的特质。这样的人为了让身边的人喜欢自己，往往会隐藏情绪。何满满无法从这些谈话中确认，戴理桦是不是在成长的过程中就养成了这样的习惯，甚至，她可能在不断地强迫自己养成这样的习惯。

而和赵萌的对谈，解答了何满满来学校之前的某个疑问。

赵萌剪了及肩的短发，因为有些自然卷，看上去像是何满满小时候圣诞陈列柜中常见的黑发瓷娃娃。她是很外向的性子，即便是面对像何满满这样初次见面的人，即便这个人正在调查好友的死因，她也丝毫没有显露出局促的神态。

"她从高一起成绩就很好，很多老师说她有天赋。但其实她为了变得像现在这样优秀花了很多时间。她有点完美主义，也有点'强迫症'，特别爱干净，平日里也没有什么业余爱好，课间休息的时候喜欢看看书。"

何满满记录的笔停顿了一下："她平时喜欢看什么书？"

赵萌摇了摇头："其实具体的我也不是很清楚。她一般都是用电子阅读器看的……"她思考了一下："不过别看她平时看起来比同龄人成熟，她似乎喜欢看童话类的书。我之前碰巧看到过她在看什么'小王子''游乐园'相关的书，当时我还说难得见她那么小女生。"

赵萌在桌上交叉着双手，右手的大拇指还时不时地摩挲着食指："她一直把自己逼得太紧了，但凡了解她一些的人，看着都会心疼。在别人眼里她是个很稳重可靠的人，但有时候我在想，她或许也只是个需要人保护的小姑娘吧。其实她选择理科，并不是因为擅长,更不是因为喜欢。"

"我听说她的数学和化学成绩都很优秀。她不喜欢吗?"

"说不上喜欢也说不上不喜欢。硬要说的话,理桦高一时最喜欢的应该是历史吧……可是她高一下学期的时候跑来跟我说打算学理了。我当时还挺惊讶的,劝她说,不要因为想跟我分到同一个班级而学不喜欢的科目。可是她跟我说,学文科天分很重要,她不确定自己是否有这样的天分,可是高中的理科,只要付出了就会有回报。"

"戴理桦同学似乎不久前还捧回来一座全国化学竞赛的奖杯。"何满满转述着万主任的话。

赵萌却轻叹了口气,像是在遗憾,到了最后的最后,人们对戴理桦的印象只剩下了一个剪影、一座奖杯:"大家都以为那是她的长项。可是她刚刚进校的时候,化学甚至都不如我,后来选了理科才慢慢补上来的。当时小秋老师拜托她参加化学比赛,理桦心里很没底,但最后还是答应了。只要是答应的事情,她就一定会竭尽全力地完成。为了练习操作考试的部分,她花了大把的时间泡在化学实验室里。她从小就很怕火,连打火机都不敢用,但后来却能熟练地用火柴点酒精灯。"

赵萌说这些话时面色平静,思绪仿佛定格在很遥远的地方,可是何满满却能真切地感受到那些语言背后的暗流。赵萌以最为平淡的口吻叫嚣着,努力构建出一个活灵活现的戴理桦——她的喜怒哀乐,她面对的困境,她不为人知的努力。和别人不同,赵萌口中的戴理桦不再是一个贴满标签的形象,而是一个活生生的人。她试图使戴理桦在语言中死而复生,而语言恰恰具有这样的力量。

"后来她成了化学竞赛的主力,多数时候,比起其他原本化学成绩就很好的同学,小秋老师反而更期待她在竞赛中的表现。不论对谁来说,她都是一个十分可靠的人。"直到这里,赵萌的话才停了下来。她的视线渐渐找回焦点,看向何满满,好像终于从回忆里抽离,在现实中找到了落脚点。

于是,何满满问了自己对所有学生都问过的问题:"上周一的下午,她有告诉你下午要去哪儿吗?"

"她跟我说下午家里有事。"

"具体什么事,你了解吗?"

"她没说,我也没有具体问。"赵萌似乎注意到了何满满脸上失望的表情,耐心解释道,"理桦的家庭情况比较特殊。你们或许已经了解到,她的亲生父亲在她还没出生的时候就去世了,她现在跟着继父一起生活。理桦其实并不怎么喜欢谈论家里的事情,所以我也就没有追问。"

何满满了然。先前,肖恩所掌握的材料并不能证明戴理桦是否知道她与继父之间的亲缘关系。不过现在,赵萌的陈述显然已经将答案放在了他们面前:戴理桦不仅知道,而且,这样特殊的家庭生活或许正对她产生着巨大的影响。

何满满不明白,戴理桦请假的时候为什么要使用两套说辞。与此同时,她也迫切地需要知道,那天下午,戴理桦原本究竟计

第一章 埃弗里特的多世界理论

划去哪里？在失去人脸识别系统和摄像头的帮助后，戴理桦在案发前可知的行踪就变得尤为重要。

"据你所知，戴理桦同学最近有没有走得近的男同学？或者她有没有向你透露过她正在恋爱之类的信息？"肖恩给予的材料提及，被害者的子宫被摘除了，至今下落不明。他们目前无法判断这一行为是凶手顺势而为，还是凶手进行分尸的根本目的，但无论是哪一种，这都是极具性暗示的行为。既然现在的调查重点在熟人作案上，那他们势必需要厘清戴理桦的情感生活。

也许在这些处于十几岁的孩子中，有人出于某种原因，杀害了和自己朝夕相处的同学或恋人。

可是赵萌却没有给她想要的答案："似乎没有。我们学校的女生喜欢在午休的时候到露天的操场上看男生们打篮球，可是理桦从来都不感兴趣。有的时候我想拉她去，她就会用各种各样的理由推托。"

"那她平时上体育课吗？"

"上的，我们平时到了体育课会一起走去体育馆那边。"

"据你所知，戴理桦同学的身体怎么样？"何满满回忆起请假条的事情，又询问了一遍。

赵萌蹙眉："理桦吗？她虽然不怎么喜欢户外活动，但是运动细胞其实很不错，之前还在学校运动会上拿过排球和乒乓球项目的奖。我从认识她到现在，几乎没有见过她因为感冒发烧而请假。"

"我了解了，谢谢你跟我讲了这么多有关戴理桦的事情。"与赵萌的对谈到这里就结束了。

赵萌站起身来，并没有急着推门出去，而是凝视着何满满，半晌才开口道："是理桦身边的人吗？"

何满满明白，对方是在询问凶手。可惜到目前为止，即便她想说，也并没有任何可以透露的信息。不过还没等何满满开口，赵萌就又开口了："理桦本来应该有很美好的人生。她那么努力，难道不应该拥有很美好的人生吗？她的生命本不应该就这么草草收场的。"她热切而又诚恳地对何满满道："所以，请一定要找出凶手。请当面质问他，为什么要用这么残忍的方式杀害理桦？"

说到最后，赵萌的声音已经有些哽咽。等到她平复心情，再抬起头后，也不等何满满的回答，就大步流星地拉开大门走了出去。

*

等何满满结束和同学们的对谈，已经临近中午。她打开会议室大门时，肖恩和秋茗老师已经在过道上等着她了。肖恩没有多言，而是将手中的平板电脑递给她，屏幕上是刚才他和同学对谈的录音实时转化成的文字。

何满满快速浏览着上面的学生资料，以及他们的对谈内容，却在划过其中一个男生的资料时停了下来。

肖恩道："怎么？有什么不妥吗？"方才跟这些学生对谈的过程中，他自觉并没有获得现下急需的关键性信息。起码现在他们依然无法确定，那个周日的下午戴理桦去了哪里。

"没有。"何满满笑着摇了摇头，她将平板转向肖恩以及秋茗老师，"我只是觉得，这个男生长得怪好看的。"

秋茗老师愕然。肖恩倒是习惯了何满满的风格，微微侧过头去抿嘴笑了笑。

照片上那个男生的刘海儿有些长，不过黑发背后那双目光深邃的眼睛却非常引人注目。他的鼻梁很挺，看上去有些混血的样子，皮肤透着一丝不健康的惨白。

秋茗老师确认了一下那男孩的资料，笑着道："陆原啊，别看他这样，其实是学校的体育特长生。"

"什么方面的？"

秋茗老师道："围棋。"

"据我所知，围棋似乎已经不是大学升学考试的加分项目了。"肖恩道。

"去年被取消了，不过陆原同学入学的时候的确凭围棋项目拿了加分。"秋茗老师面露惋惜，"严格来说，现在的情况对这个孩子很不利，所以我建议他参加化学竞赛。他天分不错，虽然没能像理桦同学那样拿到保送名额，但如果运气好，或许能争取到大学升学考试的加分。"

已经脱离高中生活多年的何满满与肖恩对秋茗口中的升学考

并没有多少实感，只是真切地感受到了如今高中生的不易。

"看起来，陆原倒像是个听话的优等生。"何满满顺着秋茗老师的话夸赞道。

谁知秋茗老师却无奈地摇了摇头："陆原同学很聪明，不过倒不是传统意义上的优等生。其实不仅是围棋，他各项体育运动都不错，篮球也打得很好。我之前也建议过他尝试其他体育特长加分，不过他似乎并不感兴趣……这孩子……怎么说呢，他总将心思花在学习之外的事情上。他时不时地会旷课、早退，他的许多任课老师都曾向我反映过他的情况。不过总的来说，这些行为并没有影响到他的学业，所以……"

秋茗老师的语气将他弱势执教者的气质体现得淋漓尽致。

"这位陆原同学，应该很受欢迎吧？"何满满笑眯眯地猜测道。

聪明、桀骜、反抗权威，这些都是受青年人追捧的特质。

秋茗老师似乎有些惊讶何满满为什么会这么问，不过还是给出了肯定的答案："仔细想想的话，陆原同学确实很受欢迎。"

"那他和戴理桦同学的关系呢？在您看来，他们走得近吗？"

秋茗老师思索了一下："除了是同班同学，他们最大的交集似乎就是都参加了化学竞赛，偶尔会一起进行特训。不过我并没有注意到他们的关系特别好。陆原同学本身也不是容易与人亲近的性格……"

何满满注视着平板电脑上有关陆原的资料，目光意味深长：

"嗯……这样啊。"不过她似乎很快就对陆原同学失去了兴趣，继续翻看起了其他同学的对谈记录，并顺口问道："戴理桦的同班同学都在这里了吗？今天有没有请假或者缺席的学生？"

"没有。高三（四）班的同学们今天全勤。"

"这跟我手上的人员名单似乎有些出入。"在一旁静静听了半天的肖恩突然出声。他明明是以最平和的语调提出疑问，可其中的攻击性却令何满满这个同事都毛骨悚然，更不要提秋茗老师这个被问询者了。

"不，不应该啊……除了理桦同学，其他人今天确实都到了。"秋茗老师一边嘟囔着，一边努力地翻看手上的名单，生怕一个不小心被当成怀疑对象。他托着名单的手有些抖。

何满满揶揄地斜了一眼肖恩，后者假装很无辜地挑了挑眉。两人心知肚明，这是他们重刑科调查时时常出现的"坏心眼"。

"或许，"秋茗老师的声音明显有些底气不足，"或许您说的那名同学是黄盈？"

这是何满满第一次听到的名字。

"她高二以后才被分到四班。只不过这个孩子身体一直不好，上个学期转学到莫国去了。理桦同学出事的时候，黄盈同学已经走了几个月。"

肖恩点了点头，表示接受了这番说辞："很有可能。我的同事给的或许是之前的学生名单。"

肖恩的回答令心理压力极大的秋茗老师松了一口气，语气也跟着轻快了许多："对了，学校在清理理桦同学遗留物品的时候，在化学实验室的储物柜里找到了一些她的私人物品，不知道会不会对案情有帮助，或许肖警官可以跟我来取一下？"

何满满适时地对肖恩说道："我去校门口等你。"

肖恩点了点头："我去去就来。"然后就随着秋茗老师朝走廊的那一头走去。

何满满看着逆光中他们的身影越来越小，很快收回目光，朝教学楼的一楼走去，试图从建筑物的中庭部分找到通往校门的路径。当她好不容易走到教学楼外，却发现正对着的是来时的六角凉亭。那口古钟还在游廊的尽头静静地悬挂着，而古钟之下，一个少年正出神地仰头凝望着古钟。

何满满向少年走去，在凉亭的台阶处停下了脚步："听说这口钟已经哑了。"

少年带着惊吓之意看向何满满，从自己的神思中回到现实，藏在黑色鬈发后的眸子难掩慌乱，但很快恢复了平静。

何满满心知这样贸然的搭话并不礼貌，便自我介绍道："我叫何满满，是一名调查员。"相比"警员"，自调科的同人们更喜欢自称"调查员"。

少年似乎并没有对她的身份产生多大的兴趣，情绪也看不出什么波动。

这种状况在何满满的预料之中。秋茗老师已经提醒过她，陆原同学并不是容易与人亲近的性格，所幸她现在并不需要陆原的亲近。她直截了当地问道:"你和戴理桦同学关系怎么样?"

何满满几乎可以确定,对方在听到"戴理桦"的名字时,下意识地皱了皱眉,这是人难以自控的微表情。

就在何满满以为他不会回答时,少年开口了,他的声线很干净:"只是同学。"

"同学?哦,你们当然是同学。"此时她的目光大胆地落在了少年的脸上,"我是说,除此以外,比如……她是否会来看你打篮球?"

少年矢口否认:"当然不会……"

"'当然不会,篮球场太阳那么大',"何满满接过他的话,"刚才我的同事和你对谈时你是这么回答的,陆原同学。"

少年深深地吸了口气:"没错。我不知道这有什么问题。"

"不,这句话本身并没有问题。"何满满不慌不忙地在凉亭的长椅上坐了下来,"但据我所知,戴理桦同学对体育运动并没有特别排斥,她甚至很擅长乒乓球和排球。那么,你为什么会特地提到太阳呢?语气还那么理所当然。这恰好提醒了我,我们之前一直忽略了,你们的体育课是在学校体育馆内进行的,乒乓球和排球也都是室内项目。赵萌说戴理桦并不喜欢户外项目,但她到底是单纯地不喜欢户外项目,还是出于某种原因无法进行户外项目呢?

"现在看来,戴理桦有可能是在主动规避室外体育项目,就像她不会来看你的篮球比赛一样,这可能是因为她无法在太阳底下暴晒。"

陆原明明俯视着坐在长椅上的何满满,却觉得自己此时被对方的气势压制得手足无措。他下意识反驳:"这不能证明什么,或许她只是不喜欢被晒黑……"

何满满露出了一个愉快的笑容:"当然!你说得很有可能,这不能说明什么。"她走到陆原身边——她和这个少年的身高差了半个头,接着道:"但这却可以说明,你了解她,了解她的习惯、喜好、禁忌……

"那么,陆原同学,现在可以跟我说说你和戴理桦同学之间,那些你不想让我们知道的……秘密了吗?"

她像一个喜欢恶作剧的小孩,故意将后面几个字咬得特别重。

很显然,身旁的少年已经开始动摇了。

"满满,我们该走了。"可就在这时,肖恩站在游廊的另一头朝她招手,少年的眼神也恢复了清明。这显然不是一个继续询问下去的好时机,她不急于一时。何满满用食指和中指将随身携带的名片抽了出来,然后变魔术般塞进了少年的口袋里:"看来今天并不是个聊天的好日子。如果你哪天想要继续我们的谈话,可以随时打电话给我。"

说完,她抬头看了看头上悬着的那口古钟:"他们都说这钟哑了,你说呢?"

少年没有给她答案。

何满满也只是笑着朝他摆了摆手,朝肖恩的方向小跑而去。

肖恩倒是没有问何满满和陆原的对话内容，他知道她有自己的工作节奏。

可见肖恩不问，何满满却忍不住好奇道："你怎么不问问我为什么对陆原这么感兴趣？"

肖恩走到车前为她开好门："戴理桦班上的所有同学里，只有陆原住在下城区。"

他果然已经注意到了。

下城区在春申市算是比较贫穷的区域，那里的老式公房很多，还有不少废弃的厂房，城市配套设施并没有跟上，因而生活条件并不是很好。

"而且我们发现，戴理桦在遇害前拨出的最后一通电话，是打给陆原的。"

何满满突然意识到自己是在挑战对方的专业。

肖恩从另一侧上了车，将手中的物品递给何满满，然后系好安全带："刚才秋茗交给我的，都是戴理桦的私人物品。"

是几本化学习题册，一个笔袋以及一个套着绿色外壳的电子阅读器。

"先去吃个饭再送你回去？"肖恩问道。

何满满看了看时间："直接送我回去吧。你也知道，下午有小朋友来报到，要是去晚了又要被吕叔念叨了。"

肖恩在这点上从善如流，只是掏出车内的压缩饼干和水递给何满满："给，重刑科标准午餐。"

何满满会心一笑，接过了"午餐"。

肖恩带着她往自调科赶去。她坐在副驾驶座位上，喝了口水，指尖拂过磨砂的电子阅读器外壳，翻开外页，机器被唤醒，主界面竟然显示还有12%的电量。她点开"图书馆"的界面，里面有许多书，但是最先映入眼帘的两本却令她的心沉了下去。

"不过别看她平时看起来比同龄人成熟，她似乎喜欢看童话类的书。"

赵萌带着善意的话语还在耳边回响，可眼前的书名却冰凉刺骨。

《房思琪的初恋乐园》[1]与《哭泣的小王子》[2]。

二

戴理桦一直觉得，她和陆原之间，除了学生身份，没有任何其他的相似之处。

午休时间，理论上是最闲适的时光。同学们有趴在桌上睡觉的，有三三两两聊天的，有边喝着偷偷买回来的奶茶边做作业的。

---

[1] 长篇小说，林奕含著，讲述了文学少女房思琪被补习班老师李国华长期性侵，最终精神崩溃的故事。
[2] 全名《哭泣的小王子：给童年遭遇性侵男性的疗愈指南》(Victims No Longer: The Classic Guide for Men Recovering from Sexual Child Abuse)，麦可·陆（Mike Lew）著，陈郁夫，郑文郁等译。

第一章　埃弗里特的多世界理论

高二的下学期刚刚开学,升学的压力还没有完全压在这些孩子的头上,不少人的心思还留在如何靠耍一些小计谋让自己获得便利上面。这些小计谋的成效也非常直观,可以切实影响到这些学生的日常生活。

然而,眼下留在班里的学生没了往日里的闹腾。他们低着头,不敢发出任何声响,竖起耳朵听着门外英语老师响彻楼道的训诫。他们班的英语老师是一位三十出头的男性,骂起人来可谓以一敌百。只要他开了腔,整个楼层的广播系统都休想与他叫板。

他的骂声起起停停。其他班的学生或许会奇怪:这老师向来以骂人流利著称,今天这是怎么了?远处的班级听不清,但是他们四班的同学却心知肚明。

陆原连着几天没写英语作业,今天上午赶到学校的时候恰好撞上英语课。陆原成功地让任课老师误以为这都是他存心的。旧仇新恨加在一起,可不得把他拎出来做个典型?

而他们的班主任秋茗老师听到陆原被英语老师抓住的消息,从办公室匆匆赶来,于是就出现了秋茗老师和陆原一起聆听训诫的场景。秋茗老师本来性格就软弱,在强势的人面前更加没了招架之力,只能适时地应和,期望对方能够快一点消气。

可是观众多了,英语老师反而来劲了,一时间完全没有适可而止的意思。

不过这些和戴理桦没有什么关系。她戴着耳机,专心地刷着手上的化学竞赛题,丝毫没有意识到她的好友赵萌此时已经凑了过来："不是吧，你不都已经竞赛拿奖回来了吗？还刷题？你是对当时的获奖姿势不满意吗？"

正好，戴理桦觉得自己做了一中午的题也有些疲惫了，于是摘下耳机："最近学校不是在扩展化学竞赛小组的规模吗？小秋让我帮他看看习题难度。"

她合上习题册，发现好友一直没有说话，不明所以地看过去，却发现对方的脸正架在她的桌子上，皱着眉头一脸不认同地看着她。戴理桦用笔轻轻地敲了一下赵萌的脑袋："你吓我一跳。"

赵萌的天然鬈发像乌木一样黑，她皮肤很白，被轻轻碰了一下，额头上已经起了红印子，但是她丝毫没有在意，而是揉了揉额头语重心长道："这些不应该是你的工作，你已经帮了小秋很多了。当时小秋拜托你参加比赛，你现在也已经把奖杯捧回来了，你又不是真喜欢化学……"她叹了一口气，表情严肃，显得深思熟虑过，说道："桦仔，你其实可以不必讨好每一个人的。"

赵萌的话落在戴理桦的耳朵里，她并不觉得刺耳，相反她很清楚，赵萌是真心为她考量才一直试图矫正她的讨好型人格。

戴理桦也不清楚，自己是从什么时候开始，就在下意识地讨好身边的每一个人。她甚至都不认为那是"讨好"，她最初的愿望很简单：她希望身边的人喜欢她。

她希望老师喜欢她，希望同学喜欢她，同时也希望爸爸可以喜欢她。

可是"喜欢"并不是这么自然而然的事情。或许父母的"喜欢"是某种天性，但是她从很小的时候就明白，自己永远不会再有机会获得这种由天性带来的"喜欢"。

在她的成长过程中，她并没有经历过任何来自爸爸的苛待。爸爸很好，真的很好，她的愿望，他从来都是毫不犹豫地满足。可越是如此，她越是惶恐不安：如果她不是一个令他觉得骄傲的孩子，如果她的学习成绩不那么优秀，如果她不断地给他添麻烦……她还配拥有这一切吗？

正因为如此，她从小就告诉自己，所有的"喜欢"都是有价格的，只有付出过了，才配拥有回报。

没有人知道戴理桦多么希望获得哪怕是陌生人的喜爱。她希望自己在所有人口中的形象都是正面的，她不想得罪任何人，也无法对任何人说"不"。所以赵萌常说，她落入了一个糟糕的死循环。

"我知道。可是小秋他……挺不容易的。"

高二（四）班的所有人都知道，秋茗老师是刚刚开始执教的青年教师，性格软弱，教的又是化学这样的非主科科目，所以被抢自修也成了大家见怪不怪的日常景象。秋茗老师和班内学生的关系很不错，他缺乏作为老师的威严，却拥有作为朋友的亲和，所以班上的所有人都喜欢叫他"小秋"而非"老师"。

半年前，学校提出要组建化学竞赛小组。他们学校在这方面没有特长，更没有获奖先例，任谁都看得出这是一件吃力不讨好的工作。因而这项工作毫无悬念地落在了秋茗老师的头上。那个时候戴理桦刚刚升入高二，在化学上也并没有什么令人瞩目的天赋，但是走投无路的秋茗老师还是向她求助了。她至今都记得那个时候秋茗老师的尴尬和局促，但是平生第一次，戴理桦觉得自己在这个世界上，是被某个人迫切需要着的。

秋茗虽然是他们化学竞赛小组的指导老师，但戴理桦觉得，他们更像是战友。她分明和秋茗一样心里很没有底，却心甘情愿地成为马前卒。所幸，她这个马前卒一战成名，现在化学竞赛小组开始受到学校重视，最艰难的时候已经熬过去了。

"小秋是很不容易。"对于这一点，赵萌从不否认。她掰过戴理桦的身子道："但你也不是救世主啊。桦仔，你已经做了所有你该做的了，仁至义尽。"

戴理桦知道好友这是说急了，她对情绪的变化向来很敏感，于是伸手拍了拍赵萌的肩膀安抚道："我知道的，小萌，我心里有数。"

门外英语老师的骂声渐小，不一会儿，透过窗户就看到英语老师离开的身影。班里的学生最是会见风使舵，交谈的声音一点点响了起来，班里逐渐变成了菜市场。

班门口只剩下秋茗和陆原。

"回头还是把英语作业补了交给……"秋茗的话还没说完，陆原就冷着脸往自己座位走去，丝毫没把秋茗放在眼里。秋茗挠了挠头，那是一种肉眼可见的尴尬。他直视着陆原的背影，深深地叹了口气："我真是求求你了。"却并没有拉着陆原在门口再骂他一顿的意思。

在陆原走回座位的过程中，戴理桦一直注视着他，不知道在想些什么。

*

次日正是学校一年一度的运动会。戴理桦作为班长以身作则，报名参加了乒乓球和排球两个项目。他们班擅长排球的同学不多，只比了一场就被淘汰了，所幸之后她在女子乒乓球单打项目上捧回了一块金牌。

"班长厉害啊！"她一比完，班上前来助威的几个同学就围了过来，"现在我们班已经五块金牌了。"

赵萌递了一瓶矿泉水给她："喝点水。"

戴理桦轻声道谢，猛灌了几口。她的眼角余光看见体育馆楼梯口处有几个女孩围着一个戴着口罩的姑娘，并在推搡的过程中将她的口罩扯掉在了地上。这帮人似乎也没想继续生事，只是踩过那个掉在地上的口罩，顺着楼梯离开了。那个姑娘一个人站在楼梯口，注视了一会儿地上那个已经全是脚印的口罩，将它捡起来折好，丢到了旁边的垃圾桶里，然后转身离开了。

"班长，一会儿去看篮球比赛吗？我们和二班的决赛呀！他们说，上一场和七班比的时候，陆原一个人就拿了三十多分。"围在戴理桦身边的英文课代表说道。

戴理桦拧上瓶盖，笑道："我就不去了。刚才比赛有点累了，想回教室休息一会儿。你们去给他们加油吧！"

于是女孩们三三两两地朝操场上走去，只有赵萌还留在戴理桦身边，似乎并不打算去看篮球赛："不用我陪你吗？"

"不用了，你也去看比赛吧。我又不是老弱病残。"

赵萌朝她翻了个白眼，不过因为天生长着娃娃脸，所以并没有什么杀伤力，只剩下可爱了："少骗人！你又要去做老好人了！别以为我刚才没看到黄盈。"

方才楼梯口的事情，赵萌应该也注意到了。戴理桦几乎在一瞬间败下阵来，心虚道："我只是去看看她怎么样了。"

"那几个是她高一时的同学。据说刚开学的时候她们关系是不错的，但是黄盈一直戴着口罩，她们说她就是想要搞特殊，免修体育也是装出来的。"

"你信吗？"

赵萌摊了摊手："我信不信其实不重要。你大概也发现了，即便分了班，黄盈也没什么朋友。她不用上体育课，不参加任何课外活动，本来就少了很多和同学们接触的机会。即便有人有心和她交朋友，她这个样子，也没什么相处的机会吧？所有运动她都不参加，体育课上要分组练习的时候她也不在，和她交朋友岂不落单？"

戴理桦被她这套说辞逗笑了："也太实际了吧。"

第一章　埃弗里特的多世界理论

"听上去是很功利,但是这也是不少人会考虑的现实问题。更何况黄盈一直戴着口罩,老师说她并没有什么传染病,平时看她也不会咳嗽什么的,大多数时间她看上去都像是个正常人。那她究竟为什么戴口罩呢?要么口罩并不是必需品,她只是利用口罩这个道具让自己变得特殊,要么所谓没有传染病的说辞是假的。无论是哪一种,都不会让人想要和她做朋友。"末了,赵萌又补充了一句,"更何况,她看上去也并不需要朋友。"

戴理桦静静地听着赵萌的话。赵萌从来都是一个直来直去的人,在戴理桦面前就更不会有那许多弯弯绕绕。她将最赤裸、最简单的人际关系讲给戴理桦听。戴理桦虽然有着许多不认同,却无力反驳。

"不过,就算我说了这么多,你还是要去找她,是吧?"赵萌的肩膀耷拉下来。她总想改变戴理桦试图讨好所有人的性格,但是内心深处也明白,她之所以很喜欢和理桦做朋友,很大一部分原因正是她知道戴理桦的内心十分柔软,她无法无视别人的求助信号,即便那个信号并不是向她发出的。

她这种人,哪怕有一天自己身陷囹圄,也还是会试图保护他人。

"我只是去看看她,很快的。"

赵萌装出一副嫌她麻烦的样子,挥了挥手:"行了,去吧去吧。我去看篮球比赛了。"

戴理桦笑着揉了揉赵萌像羊毛一样手感舒服的鬈发,转身朝教室的方向跑去。

她回到教室的时候，果然看见黄盈站在窗户边，目光注视着楼下的操场。她很少见地没有戴口罩，兴许方才被踩脏的那个是她今天带的唯一一个。

班级里的同学要么在外面比赛，要么在旁边助威，没有人愿意在这个难得的运动会期间窝在平日里早已待烦了的教室里。

戴理桦没有出声叫黄盈，而是径直走向班级后面的储物柜，她在里面放了一个简易的医疗包，包里有酒精、碘酒、创可贴、纱布、哮喘喷雾、硝酸甘油等常见的医疗药品。这个医疗包是她为班上的同学准备的，至今为止它已经发挥过好几次功能。戴理桦从底层掏出了一次性口罩，然后走到窗户边，递给黄盈："正好有多余的口罩。"

对方似乎一时间没有理解她的意思，在她和口罩之间来回看了好一会儿，才伸出手轻轻地说了一声："谢谢。"

戴理桦等着她戴上口罩后才开口："如果方便的话，能跟我说说为什么一直戴口罩吗？"

对方听到这句话，眼神避闪，讷讷地回答道："我……我身体不大好。"

戴理桦也没有继续追问，而是说起了自己的事情："我有系统性红斑狼疮，小的时候发过一次病。后来我听说这个病是有遗传倾向的，女孩子被遗传的概率相对较高。虽然有些记不清了，但是我妈妈似乎是因为这个病去世的。"

第一章　埃弗里特的多世界理论

如果黄盈现在没有戴着口罩，戴理桦一定能看到她惊讶的表情。在今天之前，她们其实并没有什么交集。在黄盈的概念里，戴理桦至多是个亲善的班长，对她似乎没有什么偏见，但是仅此而已。她不认为她们之间的关系亲密到可以聊这样的隐私，可是对方确实说了。

戴理桦也不完全明白，自己为什么会愿意在黄盈面前说起这些她在赵萌面前都不愿意提及的事情。

教室里安静得不像话。操场上学生们助威呐喊的声音盘旋而上，成了令人无法忽略的背景音。

戴理桦好像忽然意识到了些什么，连忙道："我跟你说这些不是为了逼你说你的事情啊！你不愿意说完全没有问题的！我也只是……"她的声音低了下去："偶尔想找个人说一说。"

这是她的秘密，是她从很小的时候起就选择不与外人共享的秘密。

黄盈惶恐地摇了摇头："不，我并没有觉得和你谈论这些会令我不舒服。"很多时候黄盈也希望这个世界上有一个可以理解她身体情况的伙伴，可以肆无忌惮地抱怨，而不被说矫情。她试探地问道："你后来还复发过吗？"话问出口，黄盈又认为，从病患的角度出发这并不是个礼貌的问法，连忙补充："我是说，你现在看上去很健康……"

其实戴理桦并不在意："没有。那是我唯一一次发作，不过现在我需要每隔两三个月去医院复查，看看各项指标是否正常。平日里需要避免被太阳直射，避免吃蘑菇、海鲜之类的食物。"

"原来你偶尔请假是去复查了呀！"黄盈恍然大悟。

"是的。不过关于这件事情，我没有跟同学和老师们说明过。"

"为什么不……"话刚问出口，黄盈就停下了。为什么不说明，难道自己不知道原因吗？她们不正面临着相同的事情吗？

"其实……我初中的时候有一次病重入院，住进ICU，差点死掉。后来我被诊断出患有两种免疫系统的罕见病。"黄盈故意用一种很自豪的口吻道，"那两种病罕见到我的病历和档案被燕都大学医学院收录当教学案例。我觉得我这辈子都考不进燕都大学，但我的病历却能成为教学案例。"

这是一个玩笑，一个从患者口中说出来才合适的玩笑。

戴理桦微笑着点了点头："那真的可以嘚瑟一辈子了。"

这话令黄盈会心一笑，并给予了她很大的鼓舞："后来我出院了，打了一年的阻断剂，吃了半年的类固醇。终于，医生说我可以停药了。"故事本该朝着好的方向发展，人们生病，然后痊愈，然后迎接新的生活，本不该是这样的吗？可是属于她的挣扎才刚刚开始："医生说我需要尽可能避免感冒生病，因为以现在的医学水平还无法查明那两种病的发病诱因是什么。说实话，即便在那以后直至今日，我再也没有复发过，但是我每一天都生活在担忧之中。我不知道这么说你能不能理解……那段住院的经历太可怕了，我被推进ICU，他们割开我的脖子给我插管，他们说我的血压降到了安全值之下……这些事情我都记得。或许那个时候我是清醒的,又或许那是我的灵魂在看着我的身体……那样的事情我不想再经历第二次。"

黄盈以为她已经可以平静地谈论那时候的场景了,开口却发现,自己说到这些事情的时候,眼眶还是不自觉地湿了。她极力压抑着情绪,可是情绪这种东西怎么能够压抑得住呢?它只会更激烈地宣示着它的存在。

戴理桦伸手拍了拍黄盈的背,没有说话。这或许就是她下意识地愿意和黄盈说自己的健康状况的原因。即便从来没有深入交流过,但是她能感觉到,她们曾经历过相似的事情。

差别在于,由于疾病种类的不同,黄盈所面临的状况或许更加艰难。

稍稍平复了一些后,黄盈继续说道:"我也不知道从什么时候开始,疾病似乎成了我生活的中心。我不敢在外面摘掉口罩,害怕周遭人的感冒传染给我。如果有人在我身边打了喷嚏,我会觉得愤怒……我已经不知道这些情绪是否正常,我的神经时刻紧绷着……"

"就像达摩克利斯之剑[1]。"

"是的,就像达摩克利斯之剑。它就悬在我的头上,我不知

---

[1] 希腊传说中,叙拉古王狄奥尼修斯邀请宠臣达摩克利斯坐在自己的宝座上,让他体验拥有权力的感觉。沉迷权力的达摩克利斯不久便发现,自己头顶上方有一把仅用一根马鬃悬挂的利剑。

道它什么时候会掉下来。或许我的所有行为都是无用功，可我就是不敢再拿自己冒险。"

"黄盈，你的想法很正常，你要相信这绝对不是你的问题。"戴理桦坚定地告诉她。

"可是，我也曾经尝试和朋友说起我的情况。"黄盈回忆起高一时的事情。那个时候，她也带着"如果有个人能够理解我就好了"的心情，将自己的秘密小心翼翼地告诉了那些当时和她玩得好的姑娘："可是，当她们知道我已经停药，再也没有复发的时候，就认为我小题大做了……"

她们逐渐在她出于身体原因害怕去人多的地方时表现出不耐烦，在她掏出口罩戴上的时候表现出一闪而过的不屑。在很长一段时间里，她都试图告诉自己，那是她想多了，因为她们是朋友，她们应该可以理解她的苦衷。直到因为其中一个姑娘感冒，她不得不暂时在学校日常活动的时候远离她们的小团体时，她在微信群里的消息不再有人回复，哪怕在学校见面，她们对她也是态度冷淡。

再后来，她的朋友痊愈了。

但是她的友谊却死掉了。

她过去的朋友们有了新的微信群，可是那个群里没有她。

她们从最初的无视，到开始言语上的讥讽。她有时候甚至会反思，是不是真的是自己做错了？是不是她这种人就不配有朋友？

"她们今天跟我说：'又不是癌症，至于吗？你这样的人，就是自私罢了。不要拿疾病当借口。'"黄盈看向戴理桦，"班长，其实这样想想，我可能真的很自私吧？"

可是我真的很痛苦啊！

疾病和疾痛本来就是截然不同的两件事，某个慢性病患者所承受的痛苦未必会比一个绝症患者少。有人会因为长期的皮肤病自杀，有人会因为严重的类风湿关节炎寻求安乐死。

不同的是，这些慢性病患者还需要承受旁人的不理解。

"不至于吧……"

"又不会死……"

"人家癌症患者都努力地活着……"

她们不敢向身边的人随意提及，她们变得像刺猬一样谨慎。这就是正发生在黄盈和戴理桦身上的糟糕的事情啊。

"她们说得不对，黄盈。"戴理桦很少反驳别人，但是此刻她无比认真地告诉眼前的姑娘，那些言论是错误的，"这个世界上，由疾病带来的痛苦本来就不应该被拿来比较。

"痛苦是不可以被比较的。

"能够全心全意理解你的朋友、伙伴很少……

"但正因为如此，你才要努力找到他们！在此之前，你要耐心一些，等待他们的出现。"

*

运动会结束，戴理桦作为班长，需要将入场式时借用的横幅还回器材室。时间已经很晚了，赵萌跟她说在教室等她，一起回去。她从器材室走出来，路过游廊的时候，忽然想起自己白天将电子阅读器放在了化学实验室给他们这些竞赛小组的学生提供的储物柜中。

太阳已经成了橙红色，大家累了一天，学校里已经不剩什么学生了。她想了想，决定还是去化学实验室把电子阅读器带回家。

实验楼的灯被关了个干净，长长的走廊，仅靠着自然光的照射维持可见度。化学实验室在一楼的尽头，门并没有上锁。这种事时有发生，所有的实验器具和试剂都被锁在准备室的柜子里，所以大家不一定会特地锁上实验室的门。

戴理桦进门后，正打算去教室后排的储物柜取东西，却忽然听到有声音从准备室传来。

准备室除了放置实验必需物品，平时也被当作秋茗老师的办公室使用。

她这才注意到准备室的门半掩着，声音持续地从里面传来，待听清，戴理桦觉得仿佛有一盆冷水从头顶浇了下来。她知道自己应该赶快离开这里，悄无声息地离开这个教室，甚至不该管柜子里的电子阅读器。

偏偏她的双脚像被施了魔咒一般，控制不住地朝准备室慢慢走去。

欢愉而隐忍的喘息声越来越清晰。

戴理桦能听到自己重重的心跳声。

脑海中的声音告诉她:"快走,现在还来得及。"

但她知道,已经来不及了。

终于,她来到准备室前,微微打开的门缝只能让她窥得其中的一角。

秋茗的金丝眼镜被放置在办公桌上,一个少年被人压在身下,额前微卷的黑色刘海儿已经湿透。他垂着头,死死地咬住嘴唇,表情屈辱而痛苦,双手攥紧,掌心甚至渗出了血印。

戴理桦拼命地用手捂住嘴巴,她害怕稍不留神,自己就会惊叫出声。

她下意识地向后退了一步,却在即将逃离之前忽然僵住了。

准备室里的少年像是察觉到了什么似的抬起了头,他晦暗的目光通过窄小的门缝穿射了过来。

戴理桦知道,她被陆原看到了。

三

张若初是被自己的一只手麻醒的。

在意识逐渐回笼的过程中,他眼前科室里的景象也逐渐清晰了起来。在办公桌上趴了一夜令人腰酸背痛,他试着在椅子上支起身来,掏出手机轻触屏幕。

已经早上7点多了。

打开通信界面,里面空空如也。

江组长昨天晚上依然没有联系他。

"哟,昨天晚上又睡科室了?"他的办公桌前不知什么时候站了两个人。他们手上还提着包,看起来刚刚来上班。

张若初连忙起身,站好军姿,屁股下的办公椅一下子滑得老远:"赵组长,肖组长。"

他来重刑科不过一个星期,科室里的人还没认全,不过这两位前辈他却是知道的。和他搭话的这位是赵岸前辈,四十来岁,平时也没什么架子,特别爱找新人侃大山。另一位肖恩前辈就年轻许多,看上去比自己年长不了几岁,为人缜密而严肃,据说刚刚升任组长不久。以这样的年纪快速晋升,即便是张若初这样的菜鸟也明白,他一定是有什么过人之处。

赵岸看他一副紧张态度,笑着摆了摆手:"不至于啊,小伙子,不至于。我们又不是你直系领导,用不着这样,咱们好好说话。"他环顾了一下办公区:"你们江组长还没来啊?"

张若初稍稍放松些:"还没。"

"你昨天怎么不回家睡啊?"他指了指那张属于张若初的办公桌,上面除了配套的办公用具,连一份文件都没有,干净得仿佛桌子的主人一会儿就要办离职了一般,"我记得你们江组长最近在办长安区幼儿园投毒案,照理说工作量应该不大呀……对吧?"最后两个字他是扭头对着肖恩说的。

肖恩默认了。

"江组长说我刚来,这个案子时间紧、任务重,怕带着我拖后腿,让我留在科室里随时待命。"张若初如实回答道。

这话让赵岸和肖恩都沉默了,他们俩心照不宣地对视了一眼,前者叹了口气又问道:"那你到了下班时间怎么不回去呢?我看你都在科里熬了好几个大夜了。"

张若初挠了挠脑袋:"我之前问江组长,他说收队了会给我消息。在那之前他让我待命。"

"……这,这样啊。"赵岸一时也不知道该跟张若初这孩子说什么好,关键是他好像真没察觉出这有什么不妥。最终赵岸叹了口气,以一个老前辈的姿态拍了拍张若初的肩膀:"年轻人工作别太拼了,日子还长着呢。"然后错身走开了。

张若初下意识地回答道:"谢谢赵组长……"还没等他回过神,就听从刚才开始没怎么说话的肖恩前辈问道:"你牛奶过敏吗?"

"啊?"有那么一瞬间,张若初根本没有反应过来他是在对自己说话,"哦!不,不过敏,我吃啥都不过敏。"

紧接着,一个装在纸袋里的可颂和一杯咖啡被放在了他的办公桌上。肖恩前辈的脸上依然没什么多余的表情,只说了句"买多了,你吃吧",便朝着赵岸前辈离开的方向走去。

张若初等他们走远了才反应过来，他刚想出声道谢，却发现两人的身影已经隐没在逐渐熙攘的办公室里。他拿起咖啡尝了一口，是没有加糖的拿铁。

赵岸走到他们组所在的办公区域时，嘴里才开始发出"啧啧啧"的叹息声："遇上老江也算他倒霉。"他点了根烟深深地吸了一口。即使科长三令五申，要求所有人必须去吸烟室抽烟，但赵岸始终虚心接受，屡教不改。奶白色的烟从他的鼻腔和嘴里钻了出来："老江是摆明了不想带啊，一个新来的小屁孩能待什么命？"

带着全组人出外勤，却把新来的排除在外，作为张若初的带教师父，江组长的意思再明显不过了：看不上，不乐意，爱谁带谁带。

如果仅仅是这样，其实也没什么，只是他还特别嘱咐张若初在科室里待命。别人看不出江组长的用意，但共事了十多年的赵岸不会不明白，他是想耗着张若初。精力再旺盛的年轻人也会被这种无意义的消耗拖死，届时不用老江开口，张若初自己就会向科长请求换带教师父，或是请调离开重刑科。

肖恩与赵岸两人所在的小组距离很近。前者走到自己的工位，将手上的公文包放在办公桌上："江卫东前辈……平时也不是个难相处的人，这次怎么非跟一个小孩过不去？"

肖恩在重刑科工作的年份虽然也算不上长，但是和重刑科的这些前辈都有过一些接触。在他的印象中，江卫东前辈甚至算得上和蔼可亲。

赵岸嗤笑了一声，弹了弹烟灰："你会这么说，是因为你'学院派'的出身。"

"学院派"这个名词肖恩并不陌生，这甚至是他初入职场时身上撕不掉的标签。在过去的很长一段时间里，只有从燕都警察大学和春城重刑侦查学院毕业的学生，才有可能通过层层选拔来到重刑科工作。事实上，能在毕业后拿到重刑科入职通知书的人，必然是在过去四年的学习生涯中综合成绩最优异的学生。

重刑科对这两所大学，乃至全国有意从事刑侦工作的年轻人而言，无异于金字塔顶端只可远观而也许永远无法企及的圣殿。

不过情况在十年前发生了变化。

官方出台新政策，允许符合条件的应届毕业生通过自考应聘重刑科的职位。这是一项影响深远的政策，它意味着，过去几十年间燕都警察大学和春城重刑侦查学院对重刑科的垄断就此终结。

自考的路径虽然存在，然而在最初的几年，普通人要想通过层层选拔进入重刑科依然不是一件易事。纵然他们能够侥幸通过笔试、背景调查和政治审查，95%的人还是会在科室终面环节被刷下来。

后来就发生了"阿尔戈斯事件"。

监控与摄像头的大幅削减，使许多原本可以借助现代技术侦破的案件变得寸步难行，重刑科破案效率降低的同时，对警员的需求也大大增加了。在此背景下，更大范围地接收自考生成了大势所趋。

而随着自考生人数的增加，他们在重刑科中也渐成规模，这些人在科室内部被称为"山雉"。

成不了凤凰的山鸡。

事实上，重刑科有相当一批老警员是瞧不起这些自考生的，认为他们不过是钻了政策的空子，妄图通过几场考试就与燕都警察大学和春城重刑侦查学院的优秀毕业生们平起平坐。他们认为"山雉"们对什么是刑侦都一知半解，更不要提作为警员应该有的信念和使命感。

不幸的是，张若初的带教师父江卫东组长就是这样的老警员，而张若初偏偏是一只茫然无措的"山雉"。

赵岸用夹着烟的手指了指张若初工位的方向："听说老江之前还跟分管人事的副科长闹过。你看他手里的这些兵，哪个不是学院出身？"他凑近肖恩小声询问道："我听说这孩子最早是打算分派给你带的？"

这句话唤起了肖恩先前与副科长在饮水间谈话的记忆，他原以为不过是随口一提，不想却对张若初产生了这样的影响："副科长是问过我愿不愿意带新人。不过我当时刚升组长，对业务还不熟悉，就拒绝了。"

"唉。"赵岸听了，叹了口气，"阴差阳错了不是？可惜咯。"

肖恩抿着嘴，不再赘言。

第一章　埃弗里特的多世界理论

而那边，张若初刚刚吃完可颂面包，就见一位警员正拿着一个牛皮纸的档案袋朝他们组所在的方向走来。这名警员他见过，似乎是副科长办公室的工作人员，只是叫不上名字。

那人环顾了一下他们组空荡荡的座椅，不死心地朝张若初问道："你们江组长还没来吗？"

张若初从椅子上弹了起来："还没。江组长他……这两天出外勤。"

那人小声嘀咕了一句："哦，对。长安区幼儿园投毒案嘛。"旋即他像是想到了什么，先前那一副为难的表情烟消云散。他清了清嗓子，将手中的档案袋递给张若初："这是安汇区委那边托来的人情，殷副科长让江组长帮忙盯着点。你一会儿等江组长来了把材料交给他。"

"好的。"张若初双手接过档案袋。这可以说是他自报到以来获得的第一份工作，他按捺着好奇心，没有将档案袋打开，以至忽略了那位警员转过身时如释重负的表情。

此时的张若初还不知道，这牛皮纸袋中的材料对自己究竟意味着什么。

*

和往常不同，江组长竟在半个小时后单肩挎着包走进了办公室。他个子不高，身材也不是很壮硕，却有足以震慑他人的气场。路过工位时，面对向他起立打招呼的张若初，他仅斜视了一眼，没有搭腔。

纵然如此，这也算是这些日子里张若初与江组长为数不多的面对面交流了。所以当张若初双手奉上档案袋，并向江组长如实转述那名警察的话时，他实在无法从江组长严肃的脸上辨出喜怒。

汇报完，他乖乖地站在办公桌一旁，静静地看着江组长打开档案袋翻阅里面的资料，脑子里猜测着今天自己是否会被委派一些实质性的工作。

直到啪的一声，档案袋连同里面的材料被狠狠地摔在桌上。

原本嘈杂的科室内瞬间降低了十几分贝，大家依旧在忙着手上的活儿，但若有若无的目光却瞟向了这里。

张若初对江组长的怒火是始料未及的。他僵直地站在那里，大脑一时间有些空白，只能听见耳蜗传来的嗡鸣声。他抬眼正对上江组长阴沉沉的目光，后者脸上还挂着令人不寒而栗的冷笑。"你倒是行得很啊！"他这话像是砸向张若初的惊雷，叫人手脚冰凉，"一个还没转正的新人，倒是已经开始做主帮我接活儿了？"

张若初大气都不敢喘，更不敢辩解。

江组长用两根手指狠狠地敲了敲桌面上的材料："我都不知道重刑科什么时候连失踪案都接了。二十多岁的人了，能被拐卖了不成？下次谁家狗跑丢了，要不要我也一起帮着找找啊？"他后半句话是冲着殷副科长办公室的方向喊的，很显然是在指桑骂槐。

此时，重刑科这些听墙角的警察基本上已经明白怎么回事了。殷副科长和江组长不对付算不上什么秘密，这些年，两人只要对上就免不了一通阴阳怪气，手下的警员们夹在中间被当撒气包也是常有的事。再加上江卫东本人是个顽固的"学院派"，对张若初的嫌恶自然小不了，现在他更是被牵连着"罪"加一等。

其实市里区里每年托来的人情不在少数，每个小组几乎都遇上过。有点权势和人脉的人遇上了事，总想着重刑科更专业、资源更多，费尽心思地托了关系想让重刑科出人帮着调查。殊不知术业有专攻，如若事态没有演化成情节格外严重的恶性事件，重刑科的警员能做的或许并不比基层公安机构更多。

很多事情最后都不了了之。

故而重刑科的所有警员——无一例外——都不喜欢沾染上这种案子，若是流年不利，硬是被分派上了，也大都是应名点卯，蒙混过关。可是如此不成文的规矩张若初是一概不知的。

江卫东发作完，调整了一下坐姿，动作幅度之大使得办公椅发出痛苦的哀鸣声。他用大拇指摩挲了一下来不及刮干净的胡子，用另一只手招了招张若初，像是一个暴发户蛮横地招来餐厅里的服务生："来。这不是你接的吗？你不是能耐大吗？"他将材料连同档案袋一并甩进张若初的怀里："你来跟，不给我解决了就滚蛋吧！"

张若初默默地夹着那些纸张，既不回答也不回自己的工位，好半天才憋出了这些天的第一声："师父……"

江卫东挥手打断:"别!我担当不起。"

这个初入职场的年轻人此时是真的束手无策了。他垂着眼,像是脚下生了根,不知如何离开。江卫东看见他这副样子越发来气,"啪啪"拍了两声桌子:"还戳在这儿干吗呢?等我开车送你啊?不知道去定位失踪人员最后出现的地点和社会关系吗?你就算在学校没学过,这点基本知识还没考过吗?真不知道你是怎么考进来的!"

张若初被他吓得一激灵,嘴上连说了五六个"是",将材料一股脑儿塞进档案袋里,抄起工位上的斜挎包,一路小跑着离开了科室。

直到在等电梯的时候,张若初才觉得自己的血液又开始流动了。他注视着手中的牛皮纸袋。虽然这些日子他一直希望能够被分配到一些实质性的工作,好让他看起来不至于像个来重刑科参观的游客,但他并不希望是以这种形式。

"打算先去哪儿?"声音从身边骤然响起,张若初猛地一转头。

是肖恩前辈。

他手里提着公文包,似乎也是要出外勤。

张若初想了想:"接警的基层公安,然后是报案人。"

肖恩点了点头,看上去并无异议。

此时电梯门开了,他先走了进去,然后用手替张若初挡着门问道:"你不进来吗?"

第一章　埃弗里特的多世界理论

"哦。"张若初赶忙钻进了电梯。

电梯从十九层开始下降，狭小的空间里只有他们两人。肖恩前辈看上去是个冷淡疏离的人，但是很奇怪，和他相处时张若初却丝毫没有感到局促。

"江卫东组长……"

"什、什么？"此时的张若初已经对这个名字产生了应激反应，肖恩冷不丁提起，他觉得自己血压都高了。

看着虎躯一震的张若初，肖恩叹了口气："你只需要知道，江卫东组长发脾气不是因为你……"他顿了顿："至少不全是因为你。"

"啊……"

肖恩扫了一眼攥在张若初手中已经有些潮了的档案袋："案子的事情，努力就行了。能自考进重刑科，就不要质疑自己的能力。"末了，他补上了一句："不管怎么样，每天还是要向江卫东组长汇报一下进度，跟他说说你的想法。真遇上不懂的，直接问就好。"

大不了挨一顿骂。肖恩在心里默默补上了一句。

"我……明白了，谢谢肖恩前辈。"张若初暗自鼓励自己要克服恐惧，拼命向江组长汇报工作。

他深吸了一口气，打开档案袋，第一次看到了里面的资料。

那是失踪者的基本信息。照片上的女子二十多岁的模样，长着姣好的鹅蛋脸和洁白而整齐的牙齿，一双杏眼清澈且坚定，一头乌黑的鬈发精致而慵懒。

那无疑是一个出身优渥的女孩才会有的样子。

这个女孩，名叫姜雪飞。

*

张若初在接警的基层公安处做足了功课才去见报案人，也就是姜雪飞的父母。

他们的家坐落在安汇区靠近市中心的一个花园小区内。这里虽然算不上别墅区，但都是每栋仅三户的复式小楼。这在寸土寸金的春申市，纵然是二十多年前也价格不菲。据张若初所知，姜雪飞就是在这里出生的。

为张若初开门的是个五十来岁的矮小中年女人，她手上戴着黑色的呢绒袖套，看见来者，她略显疑惑，待张若初表明身份并说明来意后，她侧身将他请进了门，并朝客厅的方向高声道："先生、太太，警局来人了。"

很快，还没等张若初换好鞋子，他就听到了一阵急促的脚步声。他抬头，正撞见一男一女从里面迎出来。男的五十来岁，头发已经掺杂了不少银丝，梳着四六分的发型，即使在家里依然服帖。他有一米七五以上的个子，身姿挺拔，也没有发福。女的看上去也就四十来岁，不过这很有可能是她常年保养的成果。

第一章 埃弗里特的多世界理论

这两人无疑是姜雪飞的父母。

张若初例行向他们出示了证件:"我是重刑科的警员,我叫张若初。目前正在协助调查姜雪飞的失踪案。"

女主人在看到他以后脸上一闪而过的失望并没有逃过张若初的眼睛。事实上,她后来的问题也证实了这一点:"你好,你好,张警官看着挺年轻啊!年轻有为。"她笑着回头看了一眼身后的丈夫,旋即转头问道:"冒昧地问一下,飞飞的案子……重刑科那边,是你全权负责吗?"

兴许是觉得这样的问话实在冒昧,姜先生没等张若初回答便接了话茬儿:"最近天气热起来,还劳烦张警官特地跑一趟,里面请。"他扬声道:"何阿姨,上茶。"与此同时,在张若初看不见的地方,他用手势制止了姜太太未说出口的话。

待三人坐定,张若初从挎包里掏出了自己的笔记本。那是一个布面的本子,是他特地为这份工作准备的,因此到目前为止仅用了几页,内容还是几个小时前他刚刚从接警的基层公安处了解到的信息。

姜雪飞今年24岁——下个月马上要过25岁生日了,现在是一所重点综合类大学的硕士研究生,读的是民商法学专业。姜雪飞平时都是住在学校宿舍的,一般只有到了周五晚上才会回家过周末。只是,姜父姜母报案的时间是周四的早晨,这一天姜雪飞理论上应该是住在宿舍的。

"我们周三那天给飞飞安排了相亲,就在家附近。时间定在下午5点，结果到了6点多，人家小伙子打电话过来说在餐厅等了飞飞一个多小时了。我给她发消息，她不回，电话也不接。"姜太太的描述和张若初目前了解到的情况基本一致，他第一时间想到的是，姜雪飞对这场相亲是否态度勉强？

"她之前说过不打算，或者不愿意相亲这样的话吗？"

"说是说过。"这个问题似乎让姜太太有些吃瘪，"现在的年轻人嘛，让去相亲，十个有九个是不愿意的。不过她最后也是同意了的，否则我也不会约人家了呀，你说是不是？"

"或许她只是嘴上说说……"

"不可能的。"对此，姜太太倒是颇为笃定，"我们飞飞从小到大还是很听话的。更何况我早上还给她打过电话，她也答应了的。"

张若初记录的手停顿了一下："周三上午你跟姜雪飞通过话？具体是什么时间，还记得吗？"

"9点多，快10点的样子吧。"她打开手机翻了翻，将通话记录展示给张若初看。上面显示，在9点11分、9点18分和9点33分，姜太太分别给姜雪飞打了三通电话，只有最后一通电话被接通了，通话时长六分半。之前了解到的资料里只提及姜太太最后联系到姜雪飞的时间是周三上午9点半，这也是他们目前掌握到的姜雪飞失踪前打的最后一通电话。

"你那个时候找她有什么急事吗？我看你打了三通。"张若初问道。

"就是提醒她下午相亲的事情。"

"你有注意到姜雪飞当时有什么异常吗？"

"没有。"这是姜太太下意识的回答。不过她旋即沉思了一会儿："就是跟我说不想相亲，不打算结婚之类的。我都跟人家约好了，当时就急了，说了她两句。不过她最后也答应了的。"

她答应了的。

这句话已经不是姜太太第一次说了。此时此刻，张若初开始重新审视起这句话：它背后包含的姜雪飞的主观意愿究竟有多少？

"我可不可以这么理解，你们周三上午9点半左右的那通电话其实并不怎么愉快？"

"其实也没……"姜太太下意识地直起身来反驳，却被坐下来以后第一次出声的姜先生给打断了。因为没有参与那通电话，所以姜先生的语言更加中立客观些："你可以这么理解。"

"那么是否存在这种可能性：姜雪飞电话里最后的妥协只不过是托词？她选择不去相亲，同时也非常清楚，无故爽约无疑会在事后引起你们的责难，因此选择暂时切断与你们的联系，去一个你们找不到的地方？"

根据姜雪飞室友们的证词，她周三晚上并没有回宿舍，这也是其父母选择在周四一早报案的直接原因。然而，她没有回宿舍的消息是姜太太从其两名室友处直接获得的，这就意味着，就算不通过姜雪飞这个中间人，她的父母依然可以与其室友保持联络。显然，只要她回到宿舍，这种单方面切断联络的行为就变得毫无意义。

姜先生听完张若初的话，沉重地叹了一口气："张警官，我理解你刚才的推断的合理性。事实上，我相信所有人听到有关飞飞失踪前经历的描述，都会或多或少地产生这样的念头。我相信你的基层公安同事们或许也有类似的推断，这也是为什么我费尽周章，希望请你们重刑科协助调查的原因。在你们看来，这或许是一次合情合理的离家出走。你们讲求证据和逻辑的连贯性，但是我们也有我们的原因，我们相信情感和对飞飞的了解程度。"他说话的样子认真而坦诚，并非像是在为自己开脱，或者是为了引起警员们注意而故弄玄虚。

"飞飞是我们的独女。我承认，出于种种原因，我们对她的关注和限制确实远超一般父母。像她这个年纪的小姑娘，有的人已经到异国他乡打拼了，有的人甚至已经是一个孩子的母亲了。我们对她唯一的要求就是无论学习工作，只要留在春申市就好，可以方便我们照顾她。现在的许多孩子到了年纪就开始觉得父母管东管西，变得对父母不耐烦起来，可是飞飞呢，一直很体恤我们。"

姜先生说到这里停了下来，摆了摆手转换语调："当然，张警官，我说这些并不是为了向你发牢骚或者试图打感情牌。我知道，在你们重刑科眼中，这或许都是没有意义的供词。"他的语言情感充沛却又极度克制："我想向你证明的是，飞飞与我们的亲子关系或许比你们想象中的要更加亲密一些。她每次出门前都会给我们发消息；回宿舍以后也会报备，让我们放心；偶尔哪天她在宿舍里待了一整天，晚上睡觉前也会向我们道晚安。这是许多年来的习惯，即便在她和她的母亲爆发更加激烈的争吵时，这样的习惯依然没有中断。这源于飞飞小时候与我们的约定。那年麻城突发地震，以张警官的年纪，这件事情我想你应该也是有印象的。"

张若初点了点头。那是他，乃至他的父辈有记忆以来，地震等级最高、死亡人数最多的一次灾难。地震发生在凌晨2点38分，睡梦中的人们甚至来不及反应，就被埋在了废墟之下。

"飞飞那个时候刚刚上小学，守着电视看24小时滚动播放的新闻。里面有个被营救出来的母亲扒着废墟撕心裂肺地痛哭，说那里面还埋着她7岁大的孩子，而她睡觉前刚刚因为一件小事骂了他。飞飞看到以后就对我们说，未来无论发生什么样的争吵，我们起码要在睡前互道晚安，即便发生了意外，那我们之间的最后一句话，起码是一声'晚安'。"听到这里，姜太太下意识地撇过头去，张若初注意到，她的眼眶已经开始泛红。

"可是，已经这么多天了，我们再也没有收到过来自飞飞的任何消息。作为飞飞的父母，我们绝不希望将事情往糟糕的方向想。但是如果你们了解飞飞就会知道，她绝不是这样明知家人会担心却故意消失的孩子。如果她这么长时间没有联系我们，这就意味着……"姜先生说到最后声音开始颤抖，但是他深吸了一口气，努力让自己平静下来，说完了接下来的话，"这就意味着，她应该是遇上麻烦了。"

　　张若初是带着沉重的心情离开姜雪飞家的。这与他预想的截然不同。可以说，他早期的判断受到接警公安的影响很大，或多或少地偏向离家出走的假设。张若初觉得这是自己缺乏经验的表现。如果是肖恩前辈，或者是江组长，他们或许就能够排除一切干扰，更加客观中立地看待事件吧。

　　接下来，他走访了姜雪飞就读的大学，那是春申市数一数二的综合类高校。他到达宿舍门口的时候，姜雪飞的室友们恰巧出门了，张若初等了二十多分钟才见到刚刚从食堂吃完晚饭回来的两个女孩。

　　她们一个剪着短发，干净利爽，穿着一件藕粉色的卫衣和运动短裤；另一个的头发是雾蓝色的波浪卷，穿着香芋色的雪纺长裙。对于张若初的忽然造访，她们有些错愕，但却十分配合。

　　研究生的宿舍是三人间，有独立的卫生间和一个晾晒衣物的小阳台，每个人都配备了一张标准大小的单人床、一张木质书桌、一个落地书柜和一个衣柜。不过这间宿舍的主人们显然很懂生活。她们在靠近阳台的空间摆上了龟背竹，窗帘被换成了淡粉色布艺与蕾丝的搭配，公共空间被铺上了毛绒地毯，并放置着一张小矮桌，当作休闲娱乐区域。

　　张若初仔细观察了属于姜雪飞的空间。桌面上被收纳盒归置得井井有条，摆放笔记本电脑的阅读架和乳白色的无线键盘还在

第一章　埃弗里特的多世界理论

上面,只是电脑并不在那里。一个大卫脑袋状的白瓷花瓶上插着一束嫩黄色的干花,散发着香橙与鼠尾草的气息。

桌面布置让人感受到,姜雪飞是一个认真生活,且擅长把事情安排妥当的女孩。

接下来与姜雪飞室友的对话进一步证实了张若初的这种印象。令他意外的是,这两个女孩对姜雪飞父母的评价都很正面。他们这一代年轻人通常会对这样保护欲和管控欲过强的父母产生抵触情绪,但这样的事却并没有发生在这间宿舍。

"严格来说,我并没有觉得叔叔阿姨对飞飞的保护欲让人不舒服。他们是有我们的联系方式,但仅仅是以防万一,不至于找不到人。刚开始我们也担心他们会要求我们监视飞飞,事实却没有。他们仅是确认我们的安全,也不会对我们的生活指手画脚。"那个短发的女生说道。

"没错。而且阿姨人也很好,有的时候她知道我们宿舍要开派对,还会特地给我们订奶茶来。"另一个女生补充道。显然,她们与姜雪飞一家相处得很融洽。

"姜雪飞自己呢?"张若初问,"她知道你们和她父母有联系吗?"

"知道啊,我们的联系方式还是她给叔叔阿姨的呢。"

"她不会有顾虑吗?"

"什么顾虑?害怕自己父母渗透到生活里吗?"短发女孩轻笑道,"坦白说,要是我爸妈也能像叔叔阿姨那样,我也愿意把室友们的联系方式给他们。"

张若初记录着的笔停顿了一下,看来姜先生和姜太太所描述的亲子关系,倒不是一厢情愿。他继续询问:"听说姜雪飞周三那天上午是去参加一个学术会议?"这是在档案中就提到的信息,参会地点是普江区的一所政法大学,从宿舍所在的松山区出发,得横跨大半个春申市。

"没错,那是他们民商法领域的年会,规模非常大,可以说是这个领域今年最大的会议了。"

"放在平时,像我们这样的研究生连旁听的资格都没有。"那个雾蓝色头发女生感叹道,"但是飞飞试着投了一个摘要,中了!"

两个女孩的脸上都是一副与有荣焉的表情:"要知道,就算读了博,想要参加民商法年会也不是能保证次次都中的。"

张若初点了点头:"那她真的很厉害。"

"没错!这次机会很难得,所以她准备得非常认真。我记得她提前一周就已经把要用的PPT做好了,还找她导师帮忙改了好几版。只要有空,她就会在宿舍里练习,还让我们当过好几次观众。"

"是。"短头发女生笑着说道,"到后来,她的稿子我都快背下来了。"

"看来她很重视了。"

"其实她这样重视还有一个原因。"雾蓝色头发的女生说道,

第一章　埃弗里特的多世界理论

"我们快要研究生毕业了,飞飞她想跟着政法大学的一位教授继续读博,这位教授这次也会参加年会,据说还正巧和飞飞在同一个讨论小组里,所以……"她没说后面的话,做出了一副"你懂的"的表情。

在张若初原本的认知中,姜雪飞在周三上午需要出席的不过是一场普普通通的学术会议,是一个研究者一生需要出席的千百次会议中平平无奇的一次,然而事实并非如此。如果某些会议具有改变研究者学术生涯的重要意义,那么对姜雪飞而言,这次民商法年会显然就是这样的会议。

他看向姜雪飞的生活空间,看向那张书桌、那个落地镜。他仿佛看到这个积极且心怀志向的姑娘,站在笔记本电脑前一遍遍地播放着 PPT,练习着自己的演讲稿。

"周二那天晚上飞飞还试了半天衣服。"雾蓝色头发的女生指了指落地镜,"她周三晚上不是有相亲吗?年会开完已经很晚了,从普江区回来再赶去安汇区,时间肯定来不及,我们就建议她穿条合身的连衣裙,开会相亲两不误。但是她想了半天,觉得年会和我们以前参加的会议都不一样,最后翻箱倒柜找出了一直备着的商务休闲装……"

"浅棕色的西装外套和米色的西裤?"张若初几乎是下意识地背出了报案信息中所记录的姜雪飞失踪时的着装。

"没错。"那女孩先是一愣,但是很快想到张若初是重刑科的警员,"她周二晚上还特地用熨斗熨好了。"

"要我说，飞飞那几天有点儿紧张过头了。她什么都想提前做好预案，生怕周三开会的时候出什么错。我看她一连好几天都没怎么睡好觉，周三那天也是，6点刚过就起来了。"

张若初翻动着手中记录的本子："我记得那个会是10点开始？"

"没错，可是她睡不着，一早就起来洗漱化妆，一个人悄悄地在阳台上练了好久。我记得她大概是8点半出发的……是吧？"短发女生侧头问了问同伴。

"没错，8点半刚过。"

张若初记下了这个时间，进而问道："从你们这儿到政法大学差不多需要多久？"

"一般坐地铁的话……五十分钟到一个小时吧。不过飞飞那天应该是打车过去的，打车快一点儿，最多半个小时到四十分钟就能到。她怕路上被什么事耽搁。"

张若初在笔记本上画了一条长长的时间线，线的起点是8点30分；接下来的时间节点是9点至9点10分，这是她预计到达学校的时间；然后是9点33分，也就是姜雪飞和姜太太通最后一通电话的时间。这条时间线向远处延伸，张若初在上面重重地打上了一个问号。

他的脑海中盘踞着一个巨大的疑问，这是档案材料与现实的矛盾带给他的困惑。

事实上，基层公安在立案后也了解到了姜雪飞这天的会议行程。为了确定她失踪的确切时间，他们找到了会务老师，却发现姜雪飞这天根本没去报到。他们的签到单上不仅没有她，预定的演讲她也没有出席，更不要提后来的讨论环节和茶歇。

可是，在上午9点33分姜雪飞与姜太太的通话中，依照姜太太的证词，她并没有显示出什么值得注意的异常。因此，如果姜雪飞确实失踪了，那么她的失踪时间理论上应该在9点40分至10点之间，这不到半个小时里究竟发生了什么？

更重要的是，明明8点半就已经出门的姜雪飞为何直到9点半都依然没到学校？

或许她临时起意更换了交通工具？

"从你们校区到地铁站要多久？一般都是怎么过去，走路或者坐公交车吗？"

"其实，可能你也发现了，我们校区周边是没什么公交车站的，去最近的地铁站都要走半个小时。最早我们读本科的时候会几个人一起拼黑车，但后来学校觉得这有些危险，就开通了专门的校巴，把我们送到临近的车站。你等一下……"雾蓝色头发的女孩翻出手机里的一张图给张若初看，那是校巴的班次和停车点。张若初用自己的手机翻拍下来仔细看了看："好像线路挺多？"

"是的。除了松山区的几个大学城和那个最近的地铁站，它在临近的长安区、安汇区和海港新区都有站点。你看，到这个最近的地铁站的校巴十分钟左右一班，然后从那里坐地铁到政法大学附近的站点差不多五十分钟左右。算下来差不多就是五十分钟到一个小时。"

"那姜雪飞那天有没有可能出于某种原因临时决定坐校巴？"

"这……"女孩显然被这个问题问住了，"这我就不知道了。"

短发女生却斩钉截铁地回答："不可能。"

"为什么？"

对方没有急着回答，而是向自己的同伴问道："飞飞晚上相亲不回来吃饭。我们那天下午就想出去逛街，结果到了校巴车站看到他们贴的告示，你还记得吗？"

经她一提醒，雾蓝色头发想起了什么："哦！对，对。那飞飞应该是坐不了校巴了。"她转向张若初解释道："其实我们学校的本科生已经放暑假了，学校里只剩一些在校老师和研究生，对于校巴的需求量也就没有平时那么大了，他们偶尔会减少班次让司机师傅放放假。那天我们到车站的时候发现，去最近地铁站的班次改成了一个小时一班，去其他区的线路也被取消了，估计那天就一个司机师傅在跑线路。"

"他们总是这样临时削减班次吗？"

"其实也算不上临时，校园系统上应该会提前几天公示，只不过我们是临时起意要出去逛街，就没注意。"

"也就是说，如果姜雪飞8点半出门，按照那天校巴的频次，她应该是赶不上会议的？"

"是的。就算她那天突发奇想打算坐地铁去，但到了车站发

第一章 埃弗里特的多世界理论

现校巴变成一个小时一班了,应该也会改坐出租车的。"

"原来如此。"

姜雪飞应该是按照计划坐出租车去的政法大学。

但是张若初脑海中的疑问依然没有被解开。

如果她按照预定的计划坐出租车去了政法大学,那又为什么会迟到?9点半那通电话接通时,她究竟在哪里?

经验并不丰富的张若初此时此刻也意识到了基层公安倾向于姜雪飞并非失踪,而是离家出走的根本原因:他们认为姜太太说谎了。出于某种不可抗力,或许是堵车,或许是遇上了事故,姜雪飞并没有按照预定的时间到达学校。而姜太太在那通长达六分半的通话里与姜雪飞爆发了激烈的争吵,这甚至有可能是姜雪飞选择消失不见的根本原因。

可张若初心底的声音却没有办法被这样的判断说服。

他所勾勒出的姜雪飞是一个对自己负责、对学术有理想和目标的女孩。纵然和母亲爆发了争吵,她也不会因为相亲这样的"小事"放弃这次难能可贵的演讲机会。更何况这两者其实并不冲突,她完全可以在年会之后再考虑这些令人心烦的琐事。

张若初渐渐开始相信姜先生的判断。

那时的姜雪飞或许真的被什么糟糕的事情绊住了脚。

*

接下来的两天，张若初将调查重点集中在从宿舍到政法大学的这条路上。他能想到的，是从那天这一时段所发生的几起交通事故入手。

他想要找到姜雪飞的乘车路线。

按照肖恩前辈的建议，他每天早晨都会先去科室报到，向江组长汇报前一天的进展。不出他所料，江组长对他这种上赶着的汇报并没有什么好脸色。往往是他追在江组长屁股后面，利用坐电梯、吃早饭甚至上厕所的时间汇报完，然后收获一个鄙夷的眼神，得到一句"这跟我有什么关系"，最后目送江组长毫不留情地走远。

不过张若初发现，江组长的态度还是发生了一些细微的变化。当他尝试着在汇报中加塞一些自己的想法时，江组长停下了正准备伸向烘干机的手，冷不丁问道："这个政法大学，你去过了吗？"

张若初习惯了江组长的漠视和轻蔑，对这样正经的提问，一时有些错愕，但他很快反应过来："去过几次。我想要模拟姜雪飞从宿舍到学校的行动路线，也约了他们的会务老师了解情况，不过是在学校附近的咖啡厅。"

"也就是说，到现在为止，你都没有进过学校？"江组长的语气又习惯性地加重了。这让张若初不寒而栗，却又意外地觉得亲切。

"没、没有，"他只能如实回答，"但是根据现有的调查结果，姜雪飞那天根本就没有去学校报到……"

江组长打断了他："你是在拿别人的调查结果向我汇报？"然后将手伸到烘干机下，机器巨大的轰鸣声淹没了继续对话的可能性。很快，江组长就离开了洗手间，单方面结束了今天的汇报工作。

张若初愣在那里。他忽然意识到自己这两天所犯的错误：他个人虽然不认同现有调查结果对于姜雪飞失踪性质的判定，但是却不自觉地使用着现有的成果。想到这里，他掏出手机拨号："喂，叶老师吗？我是张若初。是，姜雪飞的案子还在调查中。不好意思，你今天在学校吗？我可以到学校向你了解一些情况吗？"

兴许这些天被许多人盘问过，同时又害怕警方到学校调查影响不太好，所以叶老师语气有些勉强，但好歹答应了。于是张若初便在约定的时间来到政法大学的正门口，由于没有教工卡，他不得不到门卫处登记。那个门卫是个操着春申市近郊口音的老大爷，个子不高，精瘦，皮肤黝黑。

张若初出示了证件，老大爷也没多问，只是尽职尽责地填写好时间、姓名、入校事宜，最后让张若初签字。

待大爷给张若初开了边门，正巧叶老师也从里面走了出来："张警官，又见面了。"她是一位四十来岁的女老师，身量有些富态，娃娃脸，看上去很和气，或许正是因为这样才在这次年会中承

103

担了会务老师的角色。据说她的本职工作是政法大学的副教授。

"不好意思，教学工作这么忙，又来打扰你。"

"哪里哪里。姜雪飞同学我也知道，虽然还只是硕士研究生，但提交来的摘要很有洞见。我们系里的一个同事还想收她做博士呢。这样一个有潜力的年轻学者失踪了，还是在来参加年会的路上失踪的，我们这两天也都在讨论这事。"她说着，将手上一份黑色的塑料文件夹递给张若初，"这是你要的签到表。我现在带你去会场，在主楼东翼。"

"好，麻烦了。"张若初接过文件夹，边跟着她走边翻看了起来。签到表的纸张大都有些皱皱巴巴的，名单是以表格形式打印的，按照各自的讨论组划分，罗列了姓名、工作单位、论文题目等信息，后面则留了一格签字位。

张若初翻看了两页，很快就找到了姜雪飞。这并非难事，因为她是少有的几个没有签名的学者。

叶老师也注意到了张若初在看什么："那天没到的学者一共有三名。一名因病，一名因为飞机延误，他们都提前给会务组发了邮件，只有姜雪飞没有联系我们。她的报告是开幕式结束后的第一场，时间在10点半到12点。我们发现她没有按时签到后马上给她发了邮件，还打了她留的电话，但都没回音。"

他们很快就进入了教学楼的东翼，建筑很新，卫生间、电梯、紧急逃生通道等各种各样的指示牌都很齐全。一楼有个很大的报告厅，叶老师比画了一下："当时我们的接待处就在这里，放了两个大长桌，一进来就能看到。那天说实话人挺多的，所以只有开幕式在这个报告厅举行，然后与会者就会被分流到各个会场。一至三楼都有小报告厅，学者在不需要作报告的场次可以自由地去其他分会场旁听。"

张若初拿着名单环顾周围，脑海里想象着周三那天这里繁忙的景象。

叶老师还很尽职尽责地带他参观了姜雪飞原本预定要发言的报告厅。那个报告厅在二楼，不是很大，最前端设有一个讲台。

他想象着穿浅棕色西装外套在上面演讲的姜雪飞。因为对文本的熟悉，所以她显得自信满满。

可是很快，那个他想象中的姜雪飞就不见了。

只留下空荡荡的讲台。

他调查了一圈下来，并没有什么新发现。临走前，他不死心地问叶老师："你们学校有没有什么地方安装了摄像头？"他知道这样问大概率是多此一举，《公民隐私保护法案》出台以后，学校、医院、博物馆、餐厅等场所的摄像头被大规模拆除，即便想要保留一两个，也需要获得在职人员百分之八十以上的赞成投票。

结果可想而知。

不出张若初所料，叶老师摇了摇头，嘴角的笑意仿佛幼师无奈地应对着小朋友们异想天开的问题："没有摄像头被保留。你知道，这是不合法的。"

张若初告别叶老师后，独自离开了学校。门卫室的大爷认出了他，主动为他开了门。这本来没什么，只是旋即张若初看见大爷摊开一本簿子，在上面写写画画。

一个念头在张若初的脑海里一闪而过。

所幸他没有放跑这个念头。他折返了回去，敲了敲门卫室的玻璃门。

大爷不明所以地为他开了门："阿是[1]忘了什么东西？"

"不，不。"张若初指了指大爷摊开的簿子，"这是我刚才登记的外来访客名单吗？"

"哦，你是说这个啊？"大爷将簿子拿了过来，"是的呀。我得记录一下你的出校时间。"

"所有外来访客都需要这么登记吗？"

"是的呀，我们领导要求的。填写不规范还要被扣工资呢。"大爷义愤填膺。这显然也是他尽职尽责的重要原因。

"那，周三那天的外来访客名单，您这儿还有记录吗？"

大爷没想到他是要问这个。"上周三？"今天是周二，严格算起来，距离姜雪飞失踪很快就要满一周了。

"是，就是他们开民商法年会那天。"张若初这么一说，大爷马上就反应过来具体的日子，走去一沓簿子中翻找出了一本："那天来了少说也有一百号人呢！"

他将簿子翻到某一页，递给张若初："喏，这些都是，旁边有

---

[1] 方言，表示"是不是"的意思。——作者注

日期和进出校园的时间。"

张若初从接过簿子的那一刹那起,心率就在不知不觉中加快了。等他意识到的时候,已经能明显感受到心脏快速而有力的跳动声。他用食指在姓名那一栏逐一寻找。

他很清楚这可能只是无用功。

他可能看完整本簿子都不会找到那个名字。

叶老师已经反复确认,姜雪飞那天并没有来政法大学。

可是他脑海中盘旋着江组长问他的那句话:"你是在拿别人的调查结果向我汇报?"这句话令他无地自容,让他意识到自己与一名成熟的警员之间的差距。

他需要学会质疑。

然而,仅翻动了一页,张若初的手指就停了下来。

那个明明绝对不会出现的名字,赫然出现在了第二行,后面甚至还有属于姜雪飞自己的签名。

这个发现让张若初浑身发烫。

他努力让自己镇定下来,将思绪集中在访客单上。

姜雪飞的进校时间是上午9点06分,而出校时间则是9点46分。这意味着她准时到达了学校,却在会议开始前匆忙离校了。甚至9点33分与姜太太通话的时候,她依然在学校,只是她在挂断电话几分钟后离开了学校,放弃了这场对她学术生涯而言至关重要的会议。

她为什么会离开?

那通六分半的电话里，她们真的只聊了和相亲有关的话题吗？又或者姜雪飞在进校的这四十分钟里，是否真的遇上了什么事？

张若初毫无头绪。

他长长地吸了口气，对门卫大爷道："我可能需要将这本簿子带走。"

*

张若初几乎是一路冲刺冲进重刑科的。他的思绪虽然是一团乱麻，但精神却十分亢奋。

他冲到江组长面前，往日里对江组长的恐惧在这一瞬间不知被抛到了哪里。他两只手撑着江组长的办公桌，眼睛里好像迸发出了光芒："他们是错的，您是对的！"

这样没头没脑的话，纵使是坐在椅子上用保温杯喝茶的江组长也无法理解，他皱着眉头："你在说什么？"

张若初站直了身子，缓了口气道："您是对的！姜雪飞那天确实到了政法大学，门卫室有她的出入记录。她在里面待了四十分钟，但是没有去签到，也没有参会，最后选择在会议开始前离开！她不是在去政法大学的路上失踪的！她在学校里一定遇到什么事了！"

江组长的眉头随着张若初的话慢慢舒展开来，随之出现的是他每次遇上棘手案件时才有的眼神，那是捕食者瞄准猎物时才会出现的表情。

就在这时，肖恩从科长办公室里走了出来，径直走到了江组长的办公桌前："江组长，不好意思，您现在有空吗？"

江组长的脸转向肖恩时，表情肉眼可见地和煦了起来。张若初从认识他起就从来没有见他摆出过这样的表情，他甚至觉得组长有点儿……慈祥。

"小肖啊，有空有空，什么事啊？"

肖恩看上去却对江组长的态度习以为常："科长刚才布置了一个紧急任务，我想向您借个人。他或许能对我们案件的推进有重要帮助。"

"借人哪？行啊！你要借谁？"

肖恩朝张若初的方向扬了扬下巴："他。"

"这小子？"江组长一脸"你眼神没事吧"的表情看向肖恩，"他才刚来没几天，是个'山雉'，而且还没转正，你要他……"

张若初其实并不能理解"山雉"的含义，但是却依然随着江组长的每一句话将头越埋越低。

然而肖恩既没有认同江组长的说法，也没有反驳，只是语气平静地陈述道："姜雪飞的尸体找到了。"

仅一句话，就让张若初抛开了所有杂念，猛地抬起头来。

"在海港新区，是典型的'雕塑师'的手笔。"

四

何满满踏进自调科那一刻就知道自己迟到了。

一出电梯就能听到阿坤的大嗓门,伴随着办公室里热闹的说笑声。向来"佛系"的自调科很少如此喧哗,不用看也知道,她的新同事已经到了。

不出她所料,自调科的所有人都围在小楠婆婆的工位前,中间站着一个陌生的年轻人。他背着一个皮质的黑色双肩包,穿着白色的宽大卫衣,看上去很是朝气蓬勃,就好像一个刚刚从大学里走出来的学生。从吕叔他们的表情可以看出,他们对这位新同事非常满意,阿坤甚至已经跟他勾肩搭背了起来。

有趣的是,面对阿坤这样带有压迫感的人突如其来的亲近,她的这位新同事没有表现出任何不适。何满满几乎在一瞬间认定,这个年轻人必然拥有某种能力,某种看上去不起眼,却非常重要的能力。

"哎呀,满满你回来啦!"小楠婆婆是第一个看到她的,出声招呼道,"过来见见你的新搭档。"

何满满连包都没有放下就往那边走去,带着她处理公务时"令人挑不出错处"的微笑,朝那个年轻人伸出手:"你好,何满满。"

对方清澈的小狗眼弯弯地笑了起来,让人觉得亲切而坦荡。他握了握何满满的手:"我叫周子佑,你可以直接叫我柚子。"

何满满几乎被这个名字噎到了。她用眼神揶揄小楠婆婆：您还说他不是水果呢？后者却极为熟练地假装看向窗外的风景。

显然，这个时候再纠结这些无关紧要的事情已经没有意义了。毕竟，她已经答应了接受新的搭档。何满满自认是个友善的同事，这个孩子并不知道之前发生的事情，自己的情绪不应该成为他受牵连的原因："你今年刚刚毕业吗？之前学什么专业的？"

"是的，今年刚刚毕业回国，之前一直在莫国读书。在北方州立大学读人类学。"

这个答案对何满满而言可以说是意外之喜："北方州立大学？M省的北方州立大学吗？"

对方愣了一下，点了点头："对，难道说你也是……"

"我也是北方州立大学毕业的！读的历史系，三年前毕业。"

"历史系？很少有人会在我们学校学这个。"

何满满轻笑着表示认同："你不也是，很少有人会在我们学校学人类学。其实要说我们学校最好的专业应该是……"

"犯罪学！"两个人异口同声地说道。

人就是这样，很容易因为一些出乎意料的巧合而产生没有由来的亲切感。而此时，这种亲切感的产生无论是对何满满还是对柚子来说，都是一件好事。当然，对此更为满意的人应该是小楠婆婆："看来两位校友已经确认过身份了，那么满满，我就放心地将搭档交到你手中了。麻烦你为他介绍一下我们的工作性质以及工作机制。人事的工作人员很有可能自己都不怎么明白，更不要提向这孩子解释了。你可以带他见一下楚梁,并让他看一看那个'大家伙'。另外,小肖拜托你的案子也让他参与进来吧,我相信你们的工作节奏会很合拍。"

小楠婆婆的话音落下后,人群各自散去,豆芽菜离开之前跟何满满打了个招呼:"满满姐,肖恩警官那个案子,有需要随时找我。"

"对!有需要您说话。"阿坤也在旁边插了一句。

何满满点了点头:"谢谢。"

只留下柚子一人乖乖地待在她身边等待着吩咐,就像一个听话的小徒弟。

何满满自己都没有意识到,短短几分钟,这位新搭档不仅没有勾起她的抗拒心,反而轻易地让她卸下了防备。她笑着向柚子介绍道:"刚才的是豆芽菜和阿坤,你应该已经认识了吧?"

小徒弟乖乖觉地点了点头。

"豆芽菜大学是学翻译的,他是我见过最具有语言天赋的人。这不是恭维。"

柚子点了点头:"他会很多国语言吗?"

"不仅仅是这样,他学习语言的速度非常快,之前为了一个案子,他在我眼皮子底下学会了一门太平洋某岛国的语言。"

惊叹的表情浮现在柚子的脸上,但随即又出现了些许疑惑:"他这样的能力,在这里经常用得上吗?我自己并不是个擅长学习语言的人,即便在莫国生活了许多年,英语也没有到达专业的地步，会不会拖后腿啊？"

"这个你不用担心，自调科有豆芽菜一个人就可以了。更何况，快速的语言学习能力其实还可以被运用在其他许多方面。这种学习能力意味着他很可能擅长寻找字符和编码之间的关联性，这才是自调科更看重的。"何满满意识到，自己现下即便说再多，对方也未必能够理解，"之后在实际进行调查的时候你就能明白了。大家都有自己擅长和不擅长的事情，发挥自己的特点，做自己擅长和喜欢的事就好了。

"你看阿坤，我原先也无法想象以他的气质会长期在自调科工作，但是事实证明，在《公民隐私保护法案》出台以后……"

"《公民隐私保护法案》？"柚子带着些许疑惑轻声复述道。

"那个法案出台的时候你应该还在莫国留学吧？"

"或许吧……"

何满满并不认为柚子对这项法案感到陌生有任何不妥，即便在编多年，她对许多法案和案件的了解程度依然不高。"简单来说，就是一项削减城市监控和控制人脸识别技术运用的法案。在那之后，公共场所的摄像头减少到了过去的十分之一，且未来任何一个区域或场所需要安装额外的摄像头都需要召开听证会。而民营企业和私人也不再被允许使用人脸识别技术。"

"为什么会出台这样一项法案？听上去这似乎会为执法与监管带来不小的阻力。"

"确实如此。"何满满认同地点了点头，"不知道你在莫国的时候有没有听说过'阿尔戈斯事件'?"

柚子仔细思索了一下,给出了肯定的答案:"略有耳闻,但细节并不了解,好像与埃普逊公司有关?"

"是的,过去的城市道路监控就像闭路电视一样,可以亲自去现场调用监控的人非常有限,且身份审核机制严格。随着监控进入云端时代,虽然数据存储更加便捷,分辨率也显著提高,且更有利于人脸识别技术的应用,但是监控内容的安全性也受到了挑战。它们就像网络上的任何一组数据一样,有可能受到任何人的攻击。"

"所以'阿尔戈斯事件'是一起黑客攻击事件?"

何满满摇了摇头:"如果仅仅如此,或许社会影响还不至于那么坏。起因是一名22岁年轻女性的自杀事件,她在遗书中提到,她觉得自己的一举一动都在某个人的监视之下。她会收到莫名的快递,手机会弹出陌生的短信,而这些内容都与她的生活息息相关。比如她路过蛋糕店刚想买个甜点犒劳一下自己,手机就会收到诸如'你昨天不还叫嚷着说要减肥吗'的消息。女孩吓坏了,她将这件事告诉了家人,并报了警。由于骚扰者似乎对女孩的生活极为了解,所以警方当时主要是从女孩身边的人入手调查的。遗憾的是他们追踪不到信息来源,也没有在女孩身边排查到可疑人员。而女孩报警的行为似乎激怒了对方,于是骚扰变本加厉,且变得极具威胁性。她在遗书中控诉,自己明明已经向外求救了,为什么每个人都打着想要帮助她的名义询问她的日常生活,审视她的生活作风，却始终没有为她揪出那个监视者。她说，在报警之后的两个星期，她的生活变得更加糟糕了，她感受到了来自许多人的恶意，就好像是她自己某个出格的行为才导致了事件的发生。不出两个星期，女孩不堪其扰，便在严重的精神压力下自杀了。"

"原来是被监视了……"柚子一手抵着下巴，眸光暗淡，似是有些苦恼地喃喃自语道，"所以，骚扰她的人究竟是谁呢？"

"是一名埃普逊公司的职员。事实上，埃普逊公司在监控进入云端时代后，一直为城市道路监控系统提供技术支持。而这名职员恶行的败露也并非因为警方的调查，而是因为埃普逊公司内部一次机缘巧合的自查。他们发现城市道路交通监控的云端数据有被拷贝和非法入侵的痕迹。最终，人们在这位职员的移动硬盘里发现了大量的监控资料。那位22岁的年轻女性并非唯一的受害者，那名职员甚至运用了人脸识别技术对监控资料进行分析，并分门别类归入文档。被监视者的生活轨迹、他们生活的点点滴滴就这样被千里之外的陌生人尽收眼底。"

"原来……如此。"

"埃普逊公司在自查出这名职员的问题后，由于涉及命案且被监视者人数众多，综合评估后，他们认为此事将为公司带来极为负面的影响，因而没有第一时间将此人移交警方处理，更没有对外公布这位职员的身份信息，而是在知情者之间用'阿尔戈斯'作为代号进行讨论。"

"阿尔戈斯？有什么特殊意义吗？"

"它是西方神话故事中的巨人，传说阿尔戈斯的身上长满了眼睛，即便是在沉睡时，总有眼睛会睁开监视他的猎物，就好像……"

"无处不在的摄像头。"柚子接道。

"是的。不过这件事情很快在埃普逊公司内部传开了，并很快蔓延到了社交媒体，随之而来的是一场巨大的舆论风波。我记得当时几位网络安全领域的专家和信息技术类博主的几篇推文一下子引起了极大的社会反响。埃普逊公司最终没能压下这一事件。在社交媒体上，人们也沿用了埃普逊公司起的化名，而没有把关注点局限在单一职员身上，因为至今还有许多人相信那名职员的行为并非孤例，他很可能与公司中的许多人分享着监控内容，又或者公司内部还有其他人也悄悄做着同样的事，这也是埃普逊公司最初不愿意声张的真正原因。"

"可是最后被起诉的只有那名职员吗？"

"没错，事实上，时至今日，即便声名狼藉，埃普逊公司依旧在为城市道路监控系统提供技术支持。"

柚子的身体向后仰："不可思议。"

"的确不可思议，但是谁让它垄断了人脸识别和城市道路监控的尖端技术。也正因为如此，在后来的很长一段时间里，普通民众生活在恐慌之中。他们知道城市需要摄像头的监控，但是又无时无刻不害怕这些监控。所幸，后来政府出台了《公民隐私保护法案》，虽然不能从根源上消除民众的恐慌，但也算帮助人们寻找到了某种平衡。"

"可这给警方破案似乎带来了不小的阻力啊。"

"是毁灭性的打击。"何满满指了指隔壁的重刑科，"如果没有这部新出台的法案，这帮天天面临过劳死的年轻警员或许还会有时间在周末出去享受享受生活，或者好好休息一下。"

"真是令人遗憾。"柚子对此表示深切的同情。

"所幸我们有阿坤。法案出台后，阿坤和他曾经的朋友们反而成了这座城市的眼睛。重刑科在很多时候没有办法采纳他们提供的证据，因为他们必须保证证据来源的正当性，但是自调科不一样，我们的调查结果本来就不具有正当性。"

何满满说这话的时候满脸自豪，这让柚子有些无所适从。他挠了挠头："坦白来说，到目前为止，我还是觉得这份工作和我想象中的不大一样。其实我一直没有明白为什么他们最后会录取读人类学的我。据我所知，仅仅在那天和我一起应聘的人当中，就有不少学习犯罪学、心理学或是从专业警校毕业的学生。"

他这样的疑问何满满也曾有过："他们固然是非常优秀的专业人士，所以他们的能力完全可以发挥在更需要他们的岗位上，而你的能力则可以发挥在更合适你的地方。我想在这个岗位的招聘信息上，对大学所学专业以及学历的要求应该很宽泛吧？"

"是这样没错。"

"相比优秀的刑侦人才，自调科更需要的是再普通不过的

'人',以及那些能够理解平凡的'人'的行为逻辑的调查员。"何满满摊手示意了一下柚子,"我想这也是他们对你尤为满意的原因。"

很显然,何满满的解释并没有完全解开柚子的困惑。对于这一点,她也心知肚明:"这就涉及我们的工作机制了。讲到这一部分,我想应该先带你见见楚老师和那个'大家伙'。"

那个"大家伙"。刚才小楠婆婆也提到过。柚子的脑袋里已经开始想象,自己要见到的东西究竟有多大?或许他不小心应聘进了一个航母制造部门?

他跟着何满满走到办公区的尽头,休息区的沙发旁边是一扇不起眼的电子门。如果没有人特别提醒,他甚至会认为那是一个逃生通道。门旁有一个拍卡处以及指纹验证器。

何满满掏出她的工卡向他解释道:"这里是指纹和身份双认证的。早上去人事处的时候他们应该已经给你工卡了吧?"

"是的!"柚子从黑色的书包里掏出挂着蓝色绳子的工作证。何满满无意间瞟到他的照片,上面的他笑得无忧无虑,就好像对自己将会接手什么样的工作没有丝毫概念。

何满满退了一步,让开门口的位置给柚子:"你可以试着自己开门。先拍工卡,再验证指纹。"

柚子点了点头,神情严肃而郑重地拎着绳子,甚至带着一丝紧张。他下意识地咽了口口水。

何满满看在眼里觉得好笑:"搞快点,又不是打开新世界的大门。"

仪式感瞬间荡然无存。在"嘀"的一声完成指纹认证以后，那扇自动门向右平移开了。门远比柚子想象中厚，或许可以经受住大炮的轰炸。

何满满领着他走了进去，身后的门旋即关上了。

像海洋一般的蓝色铺天盖地地涌入柚子的视线，电子仪器的声音极有规律地响着，与外面的办公区形成了巨大的反差。整个操作室很大，向下延展的空间目测有两到三层楼高。他的左手边是一个巨大的操作台，屏幕上显示的是他根本无法看懂的数据和图像。但走进这间房间的人大多不会第一时间在意显示屏上的内容，因为他们的目光几乎都会被向下延展的空间里那个像胶囊舱一般的庞然大物所吸引。

那个胶囊舱约有一层楼高，此刻正发着蓝色的光。更重要的是，它正悬浮在空中——不依靠任何着力点地悬浮在空中，离地有半米的样子。他们所站的平台上有一段长长的钢制楼梯通往胶囊舱口所在的那层。整个操作室就仿佛隐藏在闹市区中的尖端实验室。

柚子的身心都被眼前的景象震慑到了。

何满满在平台上来回晃了一圈，嘴里嘟囔着："楚老师好像不在啊。"然后发现柚子的注意力还没有从胶囊舱移开，于是走到他身边，陪他一起垂眸凝视着那个庞然大物："我们叫它'司命'。"

"什，什么？"柚子这才将将回过神来，侧头看向何满满。

他的样子让何满满顺利回忆起了豆芽菜、阿坤以及自己看到胶囊舱时的样子。那时候，"那个人"看着她这副没见过世面的样子，应该也和她现在一样，产生了一种莫名愉悦的心情吧。

"这个胶囊舱的名字叫'司命'。"

"司命。"柚子轻声念了念这个名字，想了想，"中国古代神话故事里，南斗六星之首似乎也叫司命。《楚辞·九歌》里有一篇叫《大司命》，另有一篇《少司命》，是有名的姊妹篇。大司命主人生死，少司命主人后嗣。说到底，都是那个时候人们对于'命运'最虔诚的敬畏。"他的表情严肃而又认真："你们叫它'司命'，难道你们是像敬畏命运一般敬畏它吗？"

何满满吸了一口气："看起来你对中国古典文学挺有研究的。"她的眼睛亮晶晶的，那是由衷的称赞："只是通过名字就推断得八九不离十了，你未来一定会是一名优秀的调查员！

"通俗来说，你可以当它是一台'时光机'，但是它的工作原理还是和传统意义上我们从电影里看到的那种穿越时空的'时光机'存在一些差别的。所以更准确一点的定义是，它是一台'平行时空传输装置'。"

此刻的柚子，呆若木鸡。

"相信你一定听过有关平行时空的话题吧。就是那种'一定存在另一个时空，那里的我如何如何，我的家人如何如何'之类的。人们不是时常会抱有这样的愿景吗？在面对这个世界上已经产生的结果、自己无力改变的事情时，人们会幻想在另外一个时空的自己得偿所愿。不知道你有没有玩过一款名叫《命运石之门》的游戏，其中对于'世界线'的描述就与我们的工作机制很相似，不过差异在于我们的技术并不能够支持时间的回溯。"何满满见他还是有些呆呆的，就大力地拍了拍他的后背，故意用轻松的语气道，"就是我们平时在小说里会看到的平行时空啦！很常见的！"

她说得如此理所当然，使得柚子开始自我怀疑：难道平行时空确实挺常见的？

"每个平行时空就像一条线，由于各种各样的内因，譬如环境的改变、突发的意外、个人的选择，它们会分化出两条甚至多条线，这些被分化过的线形成了由不同的'因'产生的不同的'果'，每一个'果'就是一个平行时空……"何满满吧唧了一下嘴，"就像树形图一样，这个世界无时无刻不在分裂出新的世界。"

"那究竟哪个世界才是真实的世界？"这是柚子提出的第一个问题，出乎何满满的意料，听上去非常有哲理。

不过……何满满伸出食指摇了摇："少年郎，你这个想法非常危险啊！每一个世界都是真实的世界，它们都不是虚幻的，只是选择不同而已。不要认为因为你的存在，就只有这个世界是真实的，或者是所有世界的'中心'，这太唯心主义了。"她顿了顿："'司命'系统可以将我们传输到其他的平行时空中，但是和常见的穿越故事不同的是，被传输者既不能回到过去，也不可以通往未来。我们可以被送到平行的那个世界，但是时间流速是相同的。打个比方来说，如果此刻，周一的下午2点15分，我被传送到了某个平行时空，那么那里的时间必然也是下午2点15分。而一个小时以后我再回到这个世界，那么我走出胶囊舱看到的时间必然是3点15分。我不会因此失去时间，也不会因此获得时间。"

"如果仅仅是前往另一个世界，我们又能做什么呢？我们无法改变曾经发生的事情，也不能获得来自未来的信息。"

"其实我们能做的或许比你想象中的要多。一件事情的发生虽然存在偶然性，但是其背后往往也存在着一些必然的逻辑关系。或者说，一个结果是一连串选择所导致的'现象'。如果某一个选择产生了偏差，或者某一个节点的外环境发生了变化，最后所导致的'现象'会天差地别，而崭新的平行世界也会因此而形成。我们要做的，就是寻找这些变化的节点，寻找人的行为逻辑，比如，他们为什么在这个世界做出这样的选择，而在另一个世界却没有？必然是某些因素影响了他们。寻找到这些因素，不仅有助于我们认知这个世界的某些现象，更能帮助我们厘清事件的全貌。基于这种调查方式，那些最令人费解的、看似无序的连环杀人犯的行为逻辑，都有被辨识的可能。"

何满满如同总结陈词般说道："这，就是我们的工作——平行调查。"

突如其来的信息量太大，柚子觉得自己急需换个脑子："你说的那些因素……真的会产生改变世界轨迹的结果吗……我是说分裂出新的世界？"

"这听上去可能很抽象，我来举个例子吧。"何满满支着下巴想了一下，"比如，我们的调查对象是一位即将步入婚姻殿堂的年轻女性，她正在面临某个艰难的抉择：顺应她爱人的意愿成为家庭主妇，或者继续她自己的事业。在你看来，她会如何选择呢？"

柚子回答道："这取决于个人的价值观，是自由选择，并没有正确或错误。事业女性很好，家庭主妇也很重要……"

"是，是。"何满满不得不打断他，"我们现在不讨论选择的正确与否。我们假设，这位年轻女性是在一个双亲都没有足够时间照顾她的环境下长大的，她小时候无数次羡慕过同学的母亲为他们准备的加餐小蛋糕，她忙碌的父母能够抽出时间参加她家长会的次数屈指可数。年幼的她很清楚地意识到家庭陪伴的重要性，她小时候曾发誓，如果自己有孩子，一定不要他们经历像她一样的童年。"

"嗯，如果是这样的话，我想她应该会毫不犹豫地选择成为一名家庭主妇而放弃事业，这毕竟是她小时候的心愿……"

何满满不置可否，继续说道："我们再假设，这次的调查对象是一位性别研究的专家或者是一名社会工作者。她深知历史上曾多次出现呼唤女性回归家庭的运动，它们都发生在经济大萧条时期。这些运动的本质并非'呼唤母性'，而是为了给男性腾出更多的职位，减轻他们的竞争压力。在她的学术研究中，她一直秉持着这样的观点：从宏观角度来说，家务并非比事业更轻松，但家庭主妇的付出和收入比使她们成为廉价甚至免费的劳动力,并切实地阻碍了女性获得社会身份的可能。"

这回柚子毫不犹豫:"那么她大概率会选择继续她的事业。如果无法与她的爱人达成共识,我猜测她甚至不会选择步入婚姻。"

"如你所见,她们会因为人生经历和认知的差异性做出不同的选择。事实上,我们常说的'自由选择'在某种程度上并不存在,它仅仅是基于人们过去的人生经历,被精心挑选后的具有导向性的有限选择。"

一时间,柚子觉得自己又回到了当年社会学的课堂上:"听上去很悲观。"

何满满笑了笑:"当然,我举的这个例子里个人选择的因素大了一些,由于它可能造成长期的影响,因而比较显著。在我们的实际工作中,对'现象'产生实际影响的因素往往非常小,有的时候甚至有可能只是一部坏掉的手机。"说到最后一句话的时候,挂在何满满嘴角的笑容隐没了。

柚子其实并没有听懂其中的意思,向她投去疑惑的目光,但这次何满满似乎并不打算对"坏掉的手机"进行解释,而是继续她的说明部分:"所以你看,简单来说,我们只需要前往不同的平行世界,去寻找导致不同'果'的'因',这样就可以帮助我们推断出,导致这个世界某个结果的'因'。是不是很简单?"

行吧,简单吧。柚子腹诽。

"至于具体怎么操作……"何满满将他带到巨大的操作台前。

第一章　埃弗里特的多世界理论

在一个透明的储物装置中整齐地码放着几个黑色的手环，她拿起一个递给柚子道："这是监测器，我们通过'司命'系统被传输到平行世界以后会一直佩戴着它，以确认我们所在的位置以及生命体征。由于信号编码问题，我们的手机在平行世界是无法连接网络的，就像一块砖头一样。所以要想寻找到同伴，我们只能依赖监测器。"

"我们在平行世界……不会遇到那个世界的'我们'吗？"

"这个你不必担心，世界有自己的保护机制。当我们被那个世界的'我们'看到或者察觉到的时候，我们就将被自动弹出，回到原来的世界。这或许是保护平行世界互不干扰的一种运行规律。"

柚子挠了挠脑袋，试图理解："就像二重身[1]？"

"你说得很有道理。或许那些被窥见的二重身就是来自某个平行世界的旅行者。哦，对了，虽然我刚才说过，并没有哪个世界的存在更为中心，但是为了工作方便，我们称现在的世界为'本位世界'，而其他世界则用异化值来代替，比如'1.135＋'或者'1.4561＋'。"

"异化值？"人类学出身的柚子对这个词非常敏感，"听上去更像是哲学而非物理学的概念。"

"是这样没错。"何满满最初听到这个词时也是这种感觉，毕

---

[1] 某一生者在二地同时出现，或由第三者目睹另一个自己的现象。

竟在人们的一般认知中，量子力学才应该是平行世界相关概念的基石，"其实你也可以将它视作广义上一种由主体分割出异己，并与主体相对立的过程。毕竟这个词的出现很有可能只不过是某个人的心血来潮所致。以我对这个人的了解，她既不熟悉马克思、黑格尔，也对探索人类社会的本质不感兴趣。但你可以把它当作一种人文学科对平行世界的认知路径。异化值的数值越大，代表那个世界与我们的差异性越大。不过我们曾被告诫，不可以前往异化值大于10的世界。我们的平行调查范围基本会在异化值2.5以下的世界。目前为止，我最远也只去过3.1415+的世界。有些世界的异化值会是小数点后3位，有些是4位，甚至更多，这仅代表'司命'系统可以识别的最高精确值。换句话来说，并非不存在1.45612+的世界，只是系统无法识别，因而用+号代替。我们在每次进行平行调查之前，会先提交申请，告知需要调查的对象以及世界异化值，然后楚老师会完成所有的准备工作，将我们准确送达。"

"我们还需要确定调查对象？"

"没错。世界大环境的改变下沉到个人身上，其影响往往会走向两个极端，因为渺小的个人在世界面前是微不足道的。因此我们需要确定调查对象，它就像是坐标轴一样，确定了 x 轴和 y 轴，更有利于我们进行个人化的调查。所以，如果输入的调查对象不同，即便异化值相同，我们去到的世界也有可能截然不同。"

柚子觉得自己听明白了，但又觉得什么都没听明白："这个

'世界异化值'是怎么计算得出的？我是说……世界和世界的差异竟然是可以被量化出来的吗？"

何满满惊叹："真是神奇啊！你竟然会关注这么技术化的问题。我当时被介绍运行机制的时候完全没有想过这么多。"她用大拇指指了指操作台："如果楚老师在的话，或许能够给你解释得更加清楚。所谓'世界异化值'，仅仅是'司命'系统自己衍生出来的概念，它有一套精密的演算系统，至于它具体是如何运行的，其实我们也不清楚，但是目前总结到的规律是：它是以时间作为第一影响顺位的。换言之，在某一事件中，假设在A、B、C三个重要的时间节点，观察主体做出了有别于本位世界的选择，或是经历了有别于本位世界的外环境变化，新的平行世界将会分裂产生。那么会存在这样的情况：在A节点时，观察主体的选择发生了改变，或是观察主体身边的环境出现了变化，但不足以影响节点B和节点C的产生。也就是说，那个世界的调查对象除了节点A以外，在节点B与节点C的经历与本位世界完全相同，且从结果上来看，那个世界与本位世界并未出现明显的差异，但'世界异化值'依然是存在的。因为即便眼下我们看不到任何变化，但是节点A确实发生了改变。所以异化值并不是以'结果'作为主导因素的。"

"哦……"柚子艰难地点了点头。

"简单来说，系统会先锁定观察主体，然后按照时间顺序梳理出可能对他产生影响的事件和选择。至于观察主体以外的庞大世界如何运行，并不在'司命'系统的运算范围内。"

"听上去这真是个矛盾的系统，既反唯心主义，又那么唯心主义。"柚子感叹道。

何满满愣了愣，但她并没打算深入探讨这个问题，而是继续介绍道："还是以刚才的例子来进行说明，假设观察对象在节点 A 的行为选择或是环境变化与本位世界一致，但是在节点 B 和节点 C 的经历却截然不同。那么节点 B 和节点 C 两者叠加所产生的异化值也不会高于之前的那个世界，因为它们发生在节点 A 之后。就像我说的，时间是第一影响顺位。差不多就是这样，这就是我们目前掌握的'司命'系统的演算规律。"

"你们目前掌握的……你们作为开发者都不知道它具体的演算规律吗？"柚子觉得不可思议。

"你误会了，'司命'系统并不是我们开发的，"何满满的半张脸隐没在阴影当中，眼眸却被操作室里的光衬得发亮，"它是被带来的。"

"带来的？什么意思？"

"那是个很长的故事，等以后有机会再告诉你吧。"何满满挥了挥手，表示这个话题翻篇了，"你还有什么别的问题吗？"

柚子很识趣地没有追问："那么我们的调查不会影响到平行世界的运行吗？"

"理论上是会的，所以我们会尽量进行一些边缘化调查。如果我们与那个世界的观察对象进行直接交流，或者间接产生巨大影响的话，是有可能导致世界轨迹位移的。"何满满摊了摊手，"这种时候你就会被楚老师骂一顿。"

"仅……仅仅是骂一顿？"柚子只觉得这样很不严谨。

"楚老师是一位非常自持的学者，不到万不得已的时候他是不会动手打人的。"

柚子腹诽：我不是这个意思！

"我还以为世界轨迹产生位移是一件非常严重的事情……"

"确实挺严重的，但是也时有发生。"何满满用食指挠了挠眉毛，"比如在你的脑海中会有某一个名人去世了，或者某个社会性事件发生的记忆，甚至你周边的很多人也有相似的记忆。但是去搜一下新闻，你却发现那些记忆是错误的。这往往就是世界轨迹位移的后遗症，出于种种原因，你和你身边的那些人被合并到了另一个世界轨迹中。心理学中的曼德拉效应可能描述的就是这种现象。"

柚子的身子僵了一下，仿佛在说：请不要这么平静地讲述这么恐怖的事情。

"不过，如果可以，还是尽量不要跟调查对象接触，也尽量不要和那个世界的人产生过于紧密的联系。这是我们工作少有的规则。"何满满说这话的时候表情是严肃的，这令柚子意识到，这件事情的后果或许并不仅仅是"被楚老师骂一顿"而已。

"紧密的联系？"

"这个定义起来有些困难。这么说吧，在人每天所遭遇的事件和做出的选择中，绝大部分都是无关紧要的，即便发生了改变也不会产生什么长期的、以结果为导向的影响。所以，你在平行世界问个路，买份报纸，等等，这些都算不上紧密联系。但是，当我们调查某个案件或者某个人的自然死亡的时候，很显然，这时调查对象以及其身边人都处于敏感期，在这种情况下，任何外力因素都有可能对他们产生深远的影响。

"我们避免和平行世界产生紧密联系，不仅仅是因为害怕产生世界轨迹的位移，坦率地说，我并不介意被楚老师骂一顿。

"我们要避免的，是比导致世界轨迹位移更加严重的事。"

"更加严重的事……"柚子下意识地复述何满满的话。

"总之，我目前想到的只有这些，后面有什么问题我在实践中再教你吧。希望你对我们的工作机制有了一个大概的了解。时间紧迫，因为答应了重刑科的朋友，所以我要尽快帮他做一个平行调查。抱歉啊，明明进的是自然死亡调查科，一上来就让你接触一起恶性案件。"

柚子忙摆了摆手："没有关系。只是，我们要调查的是什么案子？"

何满满捣鼓了一下手机，柚子的工作邮箱马上收到了一份资料。

"虽然你最近才回国，但大概率也听说过。

"一周前发生在下城区吴淞河桥的分尸弃尸案。

"'大丽花案'。"

第一章　埃弗里特的多世界理论

梦魇

他不知道在黑暗中跑了多久。

双脚已经不听使唤，可他不敢停下来。

"得快点赶过去救她。"脑海里好像有个声音不断地告诉自己。

但是去救谁？他不知道。

去哪里救她？他也不知道。

直到他跑得筋疲力尽，跪倒在地，用双手勉强支撑着身体。他的汗水顺着下巴滴落在地面，一丛丛荆棘却破土而出。

他连忙向后挪了几步，却发现眼前的荆棘包裹着一个女子。

荆棘渗着血，不停地向下滴落。

他瞪大眼睛，看着淹没在尖刺下那张苍白的面容。几乎没有犹豫，他拼尽全力冲向前去，徒手撕扯荆棘。那些尖锐的倒刺扯破了他的衣衫，嵌入了他的血肉，伤得他体无完肤。

但是他却仿佛感觉不到疼痛一般。

他只想救她。

直到所有的荆棘都被他扯断，他滴着鲜血的手抚上她的脸颊，掌心传来的却只有寒意。

她已经死了。

铺天盖地的悲伤向他涌来。

他抱紧眼前的女子无声地大哭。

"你害死了她。"

有个声音响起。

"因为你不听话,你害死了她。

"这是惩罚。"

第二章　奥古斯特的《思想者》[1]

---

[1] 法国雕塑家奥古斯特·罗丹于1880年创作的雕塑。

第二章　奥古斯特的《思想者》

一

距徐春霞的尸体被发现48小时

"欢迎回到'春申市早餐',我是晋柯。现在是三月二十四日星期三,早晨7点13分,让我们进入今天的'晨间速报'……"

徐春霞被客厅里传来的广播声吵醒。

她躺在床上,尝试挺了挺胸,脖颈处的僵硬与疼痛在她可以接受的范围内,她因而大胆地尝试着活动活动了手脚,然而晨僵令她根本无法握紧拳头。她从床头拿出一个暖宝宝,撕开,将其敷在手腕处。

徐春霞抬手看了看自己的手指,好几处关节已经肿大到让人无法忽略的地步。上次她去复查的时候,医生告诉她,接下来很可能演化成天鹅颈样畸形。

虽然对于什么是天鹅颈样畸形,以及它会对自己造成什么样的伤害,她并不了解。但她也清楚,不可以继续放任病情恶化下去了。

过了好一会儿,她渐渐恢复了对身体的掌控权,估摸着自己可以穿衣服了,便撑着床沿起了身。她边穿着衣服,边打了个哈欠。上了年纪以后,她的睡眠就一直不大好,特别是几年前查出类风湿关节炎,疼痛令她很长时间没有睡过一个囫囵觉。

穿着棉拖鞋挪到客堂间的时候,她的丈夫正在躺椅上半眯着眼睛,边听广播边晒太阳。

下城区多是他们家这样老式的公房,面积窄小,采光也不好,走起路来地板嘎吱作响。郑东华听到了她踩在木地板上刺耳的脚步声,皱了皱眉头,却没有睁眼:"你昨天半夜里在忙点啥?搞到凌晨还叮叮当当的。"

徐春霞拿起放在灶披间[1]窗沿上的牙刷杯,有些吃力地开始挤牙膏:"在给儿子做酱牛肉。我今天去医院,回来正好路过小菜场,打算买点烤麸和素鸡,做好了明天给他送过去,他们小夫妻俩也不会烧。"

她的儿子就是在这样逼仄的老公房中长大的,如今也已经三十多岁了。几年前儿子结婚,在海港新区买了房,他们作为父母,拿出了一辈子攒的钱,拼拼凑凑却还是只够在寸土寸金的春申市交个首付。所幸儿子的工作很好,现在小夫妻俩自己承担着

---

[1] 方言,指老式的厨房。——作者注

银行每个月不菲的房贷。

"怎么又去医院?"郑东华听了,坐起身来询问道。

徐春霞将漱口水吐进水池里:"就是关节炎嘛,吴大夫今天坐专家门诊。"

听罢,他好像失去了兴趣,又躺回摇椅上:"你那个关节炎啊,要我说就是得补钙,让你多喝牛奶你不听。上了年纪,这个骨质疏松啊,钙质流失啊,都来了……"

徐春霞没有打断他的长篇大论,她刚刚确诊类风湿关节炎的时候吴大夫就告诫过她,要补钙,但不建议大量摄入牛奶,里面有东西会导致关节炎更加严重。她最初拿吴大夫的话反驳过郑东华,但每每提起她的病,他依然只会说"多喝牛奶"。

就好像是某种条件反射。

她从冰箱里取出前一天晚上的隔夜米饭,氽入开水中烧开。在等待的时候她问道:"你今天干什么啦?"

对方没有第一时间回应,哼哼唧唧了半晌,道:"下午约了老梁他们打牌。"

说出这话时,郑东华仿佛有些心虚。

所幸徐春霞闻言只是关掉了煤气灶,并没有打算将对话继续下去。

距徐春霞的尸体被发现44小时

徐春霞坐在诊室门口的一排长椅上。她的预约排在很后面,估计看完病怎么也得中午了。

诊室的门开开关关,没有停过。

她闲来无事,试着将搭在膝盖上的手指舒展开,但是僵直感很快袭来。

"你这手已经蛮严重的了。"许是看到她指关节处不可忽略的肿胀,又或许是候诊的过程实在无聊,一直坐在她身边的大姐搭话道。徐春霞侧头一看,对方与她年纪相仿,但中气很足的样子,看上去并没有遭受不间断疼痛的折磨。

"去年这个时候还没那么肿,今年已经这么明显了。"她说着,屈指试图活动一下关节,"现在只能吃止痛药。"

"这种病控制不住就是这样。"对方感叹,旋即想到什么似的问道,"你早上起来时身体僵吗?"

"僵的。我最早就是因为身体僵才来看病的。"徐春霞不是个擅长唠家常的人,但这并不意味着她讨厌跟陌生人聊天。只是她不擅长适时地提出问题将对话继续下去,以至她时常扮演作答者的角色。

"我最严重的时候到了中午还好不了,还好后来控制住了。就是现在不能拎东西、碰冷水,否则有得疼了。"说着对方凑近了问道,"你家里现在还要你做饭不?"

"做,我不做谁做啊?"

"欸!这可不行啊!吴大夫没跟你说吗?沾冷水最容易复发了。我得了病以后家务我儿媳全包了,根本不让我沾手。"她一脸语重心长,"不是我说,这病得养。我有一次来复诊,看到有个病人手指都弯了。到了那种程度就残废了,治不好了!"

徐春霞抠了抠指甲盖,小声喃喃道:"我家儿子儿媳妇自己有房,不跟我们一起住。"

"那你请阿姨啊。"对方理所当然道。

至此,徐春霞抿嘴不说话了。

"那您现在在吃什么药呢?"不知何时,诊室门口站了一个西装革履的年轻人,戴着眼镜,斯斯文文的样子。徐春霞起先并没有注意到他,以为这人只不过是先前去做了检查,现在想要加塞让吴大夫看一眼报告,却不想他一直听着她们的对话。

徐春霞因为他突如其来的问题而蒙了,还没等反应过来,口中已经开始回忆自己的用药史:"最早吃了一个塞什么布……我也记不住名字。但吃了一直胃不舒服,瘦了十几斤。"

年轻人点了点头:"看起来这种非甾体抗炎药对您的效果并不是很好。后来呢?有没有换药?"

"换了,换了好几个,但都没什么效果,越来越严重了。现在也不知道要怎么办了……"说到这里,徐春霞的声音随着心慢慢地沉了下来。过去她只是机械性地复诊,机械性地告诉吴大夫新开的药似乎没什么效果。她似乎一直没有机会和家人深入讨论这个病。无论是丈夫还是儿子，他们听到是类风湿关节炎以后总表现出如释重负的样子，庆幸从她嘴里说出来的是这样的名词而不是癌症。然而当她继续抱怨这个病给她带来的不便时，他们便摆出一副"除了吃药还能怎么办呢"的架势。久而久之，她发现自己好像真的开始轻视这种病了，就好像每天在疼痛中煎熬的人不是她一般。

此时的徐春霞第一次直观感受到了自己的处境。与她刚刚确诊时的心态不同，她忽然清楚地意识到自己仿佛身处一个漩涡的边缘，湍急的水流裹挟着她往深渊里去，或早或晚，她都会跌入那个黑洞当中。

她忽然打了一个寒战。

情况已经如此危险了，为什么她竟然会像被蒙蔽了一般茫然不觉？

她不禁问自己，为什么别人的病情都能控制住？为什么只有自己的情况越来越糟糕了？

她没有答案，兴许吴大夫也没有答案。他只能让她继续换药，直到寻找到那个"最适合她的药"。

可是她真的等得到那天吗？

会不会在那之前她就已经残了？

可是，她才六十多岁啊……

这时，诊室的门被打开了，方才就诊的病人从里面出来。吴大夫看见了门口站着的年轻人,便扬声问道:"小李啊,你今天怎么来了?"

"吴主任,过两天不是科会上有宣讲嘛,我今天先来试用一下投影仪。"他手中提着一个纸袋子,顺势走进科室,"我听他们说,您今天下午还要赶个会,想您肯定没时间吃午饭,就给您打包了一些……"

后面的话被门隔绝了个干净。

"那是医药代表。"旁边的大姐此刻又凑了过来,"他肯定是在跟你套话,看看吴大夫有没有优先给病人开他们的药。"

徐春霞对医药代表本就不大了解,今天也是第一次见到。

"你这药换了这么多不见好啊……其实这个关节炎啊,就是血淤堵住了才疼的。我现在每个月找人拔一次血罐。"

"拔血罐?"

"是啊。"那大姐非常不见外地将厚厚的毛衣领口往下拉,露出颈部一个个暗红色的圆形印记,"这跟拔火罐不同,他们先要扎梅花针的,再放上罐子,血就被吸上来了。里面的淤血跟果冻似的。你是没看到我第一次拔啊,里面的血全都是黑色的。你想想,这种淤血在我们身体里,能不痛吗?"

徐春霞被说得很是心动。

"当然,吴大夫的药我肯定也是吃的,相信科学嘛。每个月拔一次血罐,再配合着吃药,你看我现在是不是像没事人一样?"

徐春霞下意识地点了点头:"你在哪儿拔的?回头把地址给

我，我也去试试。"

那大姐很爽快，从包里拿出了纸笔，写下了店名，撕下来递给了她："只不过有点儿远，在海港新区那里呢！你到时候可以问问他们有没有分店。"

徐春霞接过纸条，看了一眼地址，发现离儿子家并不算太远，心念一动。她没有发现，自己几乎在一瞬间就接受并笃信了这种之前从未听闻的治疗方式，以至于恨不得现在就能打开诊室的门，躺下来尝试一下拔血罐。

人就是如此。当医学无法给予他们希望时，便会迫使自己笃信旁人看上去并不"科学"的手段。

人们太需要垂死挣扎了。

这是人类的意志给予自己的恩赐，也是苦难的根源。

诊室门被再一次打开。那年轻人走出来，目光接触到坐在长椅上的徐春霞，礼貌地点了点头，离开了。

"0172号，徐 × 霞请到3号诊室就诊。"

广播里叫到了徐春霞的名字，她起身和身边聊了半晌的大姐打了个招呼，便进了诊室。

她是吴大夫的老病人了。

吴大夫戴着口罩，正在电脑上查看着她的病历。

她反手关上门，深吸了一口气。

踌躇了一下，她问出了她一直想要问，却不敢提的问题：

"吴大夫，我之后，会不会失去自理能力？"

第二章　奥古斯特的《思想者》

*

距徐春霞的尸体被发现40小时

徐春霞从小菜场买完菜，到家已经临近3点。

她将装满东西的塑料袋放在地上，手指已经被勒出了一条条白印。她活动了一下手指，没有让自己歇脚，马不停蹄地又去灶披间忙活了起来。

她用菜刀将刚买回来的素鸡切成片状。炉子上蒸煮着烤麸。

一切看上去都是那么有条不紊。

只是，不知什么时候，菜刀停止了工作。

砧板上滴落了本不该出现在上面的眼泪。

"吴大夫，我之后，会不会失去自理能力？"

"这不好说。我只能说，如果病情还是控制不住的话，以你的情况，大概率会致残。届时，你的生活自理能力可能会受到一定程度的限制。"

*

距徐春霞的尸体被发现20小时

上午11点，郑杰洋刚开完会，就接到了徐春霞的电话。

"喂？妈，怎么了？"

143

"哎，洋洋啊，我在你们家呢。给你做了点酱牛肉和烤麸，给你放冰箱了。"

郑杰洋翻看着手中的文件应道："你怎么又去啦？嗯，嗯，我知道了，你放着吧。"

徐春霞打开冰箱门，看见上次带来的保鲜盒原封不动地放在那里。她把盖子打开，发现里面的糖醋小排几乎没怎么吃，顿时埋怨道："我上周给你们做的小排怎么都没吃啊？这都是肉啊，浪费了！"

郑杰洋这才想起早已被他忽略的保鲜盒，心中暗叫不好，换了一个耳朵听手机，解释道："佳佳最近出差，要周末才回来呢。我这两天在公司加班，都没怎么回家吃过。"

"那也可以当午饭带到公司里吃嘛！小排我给你倒了啊，别吃了，放的时间太长了。"

"嗯，嗯……"郑杰洋漫不经心地应道。

"新做的酱牛肉你要吃啊！你不是最喜欢吃酱牛肉嘛。有空还是回家自己弄弄，老吃外卖不好……"

"行，妈，我知道。我这边领导找我，我先不跟你说了啊。"说完，他也不给对方反应的机会，挂断电话的动作一气呵成。直到这时他才松了一口气。

他如今三十多岁，是互联网公司中层。这两天好不容易老婆出差，老妈就千里迢迢来"关怀"他了。他一个大老爷们还能把自己饿死不成？

这种压迫感令郑杰洋心生烦躁。他盯着手机想了想，点开了通讯录列表，找到一个名叫"前台—茵茵"的联系人，点开对话框，两人的聊天记录一片空白。

"今天晚上9点，行吗？"打完这行字，他迟疑了一下，但最终还是发了出去。

很快对方便回了消息："可以。"

郑杰洋挑了挑眉，迅速用手机软件预订了公司三公里外的一家酒店，然后将地址发给对方："3014。"

"OK。"

做完这一切，他顺手删除了聊天记录，然后关掉手机若无其事地继续看起了手头的文件。

而另一边，徐春霞从微波炉里拿出了冒着热气的糖醋小排，闻了闻，犹豫了片刻，还是将它放进了嘴里。

*

距徐春霞的尸体被发现8小时

郑杰洋是被手机铃声吵醒的。睡眼惺忪间，他发现来电显示是父亲。

在这样的时间点，由父亲而不是母亲打来电话，这很不寻常。

他身边躺着的人略带不满地翻了个身，呢喃了一句，像是在催促他快些接电话，不要打扰她休息。

郑杰洋披了一件衬衫，走到卫生间接通电话："喂？爸，这么晚了，怎么了？"

"你妈在你那儿吗？"

"啊？"他的大脑还没完全被唤醒，因而他花了几秒钟理解这句话的含义，"她今天上午去过我那儿送菜。"郑杰洋看了一眼手表，已然午夜11点："怎么，她还没回家？"

"没。"郑东华的语气有些烦躁，"我早上出门的时候，她说要去你那儿。我刚刚回家，发现家里没人。"末了他又补上一句："她真不在你那儿？"

郑杰洋探头看了看床上的女子。对于父亲的问题，他还真没办法斩钉截铁地作答："我，那什么，我还在加班，还没回家。这样，我现在就赶回去看看。"

"行吧。"

"你没跟妈吵架吧？"

"没，我跟她吵什么架？我今天一天都在外面打牌，跟谁去吵！"对方似乎有些恼怒他的多嘴，"行了，你到家了给我打电话。"

电话旋即被挂断。

母亲的父母很多年前就已经去世了，她不擅长交友，也没有兄弟姐妹。换言之，除了自己家，她应该无处可去。

郑杰洋穿戴好，走到床边对着那女子的背影道："我有事先走了，钱已经转给你了。"

对方摆了摆手，表示知晓，也没有询问他为何突然离开。对郑杰洋来说，这是最舒适的关系了。

酒店离家不过十几分钟的车程。

当他赶到家中，里面一片漆黑。郑杰洋打开灯，在这一百多平方米的家中找了一圈，并没有看到预料中的身影。他打开冰箱，冷藏室里整齐地摆放着三个保鲜盒。

显然，母亲上午的确来过家里。

但是，现在却已经找不见身影。

郑杰洋不知道她在哪里。

没有人知道她在哪里。

…………

直到第二天早晨，建筑工人在海港新区新修建的主路边发现了她的尸体。

彼时，她还穿着前一天出门时那套墨绿色的绒线衫。

二

柚子做梦都没想到，自己那么快就要参与到真正的平行调查当中。一天前，他甚至以为自己只是获得了一个普普通通的铁饭碗。

何满满昨天下班之前就在系统上提交了申请，她满脸歉意地对他说："刚刚开始工作就催促你这么早来上班，实在不好意思，不过肖恩那边实在是催得紧，平行调查的黄金时期只有两周。等忙完这阵儿，给你放假！"

倒也不必……他已经相信这份工作非常"躺平"了。

他一大清早赶到自调科，隔壁的重刑科似乎早就已经忙碌了起来，调查员们火急火燎地进进出出，可能又干了一个通宵。而自调科里，除了何满满没有其他人。

"一般到了那里手机很可能没什么作用，如果需要摄像的话，监测器是附带摄像功能的。不过你可以适当带一点儿现金以备不时之需。"何满满在对他做出发前的叮嘱。使用现金只不过会导致那个世界里出现两张号码相同的货币罢了，只要不大量使用，就算被人发现也不会出现问题。

在操作室，柚子终于见到了昨天一直存在于谈话当中的楚老师。他穿着一身白色大褂，脸上一直挂着微微的笑意，看上去是一位很好相处的研究人员。

何满满为他们简单地作了介绍，将监测器递给柚子。他将这个像腕表一样的东西戴上，发现它自动上了锁，无法轻易拿下来。

"监测器是将我们传输回来的重要装置，不要弄丢。虽然楚老师也会在'本位世界'进行监测，如果我们在那边待了超过一天没有和他联系，他会手动将我们弹出。当然，如果我们想要自己回到本位世界，只要同时按下这两个按钮，"她比画了一下监测器两侧的凸起物,"就可以回来了。"

一切准备就绪,柚子随着何满满登上了胶囊舱。

他坐在椅子上,柔软的坐垫理应让他感到放松,但他就是无法做到平稳呼吸。

何满满也察觉到了他的不安:"不用担心,一切有我呢。"

这是他在被白光吞没前,听到何满满说的最后一句话。

等再次睁开眼睛,他发现自己正站在一个公共厕所的隔间里。和他一起挤在这个窄小空间里的还有何满满。她轻手轻脚地打开门往外探了探,然后又很快地关上了隔间的门,面色凝重。

柚子忽然产生了一种不好的感觉:"是……是出什么问题了吗?"

"'司命'系统会通过楚老师输入的世界异化值以及调查对象,自动将我们定点传输到被调查对象的相关场景周围。"

他点了点头,紧张地咽了口口水:"所以是发生传输错误了吗?"

"我想应该没有。但是它将我们送到了地铁站的公共女厕所里,要是不小心被人看见,你会被当成奇怪的人。"

"……"

所幸最后他们偷偷溜出厕所的时候,并没有被人注意到。他们顺着人流走出地铁站,发现其中一个出口直通一所学校。

"是戴理桦就读的学校。"何满满语气笃定。

果不其然,市四中古朴的校门很快就映入了他们的眼帘。柚子不由得再次惊叹"司命"系统的精密性。

"师、师父……"柚子压低声音唤了一声何满满。

何满满听到这个称呼会心一笑，强忍着回他"你这泼猴"的冲动，正经地问道："怎么了？"

"我们目前被传输过来的这个世界，异化值是多少？"

"1.776+。"她回答，"怪我怪我，之前忘记跟你说了。你看手腕上的监测器，为了避免调查员迷失，上面会实时显示你所在的这个世界和你来的'本位世界'之间的异化值。"

柚子抬手看了一眼监测器的显示屏，在待机状态时，上面就会显示"世界异化值1.776+"。

"这次调查，我先挑选了一个异化值较大的世界。因为是恶性的刑事案件，在异化值小的世界里，如果不接触那个世界的重刑科，我们往往是无法靠自己找到那些细小差异的。"直接去找这个世界重刑科的工作人员了解情况是很危险的一步棋，很容易撞上这个世界的自己，所以何满满从一开始就淘汰了这个选项。

"异化值的形成虽然不是以结果为导向，但是却可以……"边走边给柚子讲解的何满满忽然停下了脚步。柚子疑惑地顺着她的目光望去，市四中的边门处摆着许许多多的花束和蜡烛，在这些东西的中间，是一张黑白的相片。柚子看过何满满给他的资料，山根处有一颗浅浅的痣，束着高高的马尾辫，相片上正是戴理桦。

很明显，学校在这里举行了纪念活动。或许也有不少民众自发前来悼念一个花季女孩的忽然离世。

真是令人无比唏嘘的场景。

但是,柚子觉得何满满脸上的表情不仅仅是悲悯。她皱着眉头,很是凝重的样子,似乎正在思考着什么问题。

"怎么了吗?"柚子看看满地的花束,又看看何满满,"有什么不对劲吗?"

"非常奇怪。"何满满回答,"我昨天去过戴理桦的学校。校门口并没有这些花卉,他们也没有举行什么纪念活动。即便是在学校内部,据我所知也没有举行任何悼念仪式。"

"或许他们是今天刚刚举行的悼念活动?"柚子猜测。

何满满摇了摇头:"我认为不是。"她指向摆放花卉的那一角:"你看,靠近照片的花已经有些蔫了,外面的却很新鲜。说明人们陆陆续续往这里放花已经有一段时间了——两三天,甚至更长。"

柚子眯着眼睛仔细观察了一下里圈花卉的状态,发现确如何满满所说,在太阳的暴晒下它们已经几乎干枯。

"更何况,戴理桦的案子并没有出现什么实质性的进展。我不认为在这样一个时间节点,人们会突然想要举行纪念活动。这两个世界一定存在着什么差异,导致了这种现象的出现。"

"在我们的那个世界,大家为什么没有为戴理桦举行纪念活动?"柚子发现何满满因为这句话看向自己,连忙解释,"我是说,都是恶性事件,都是花季少女在本不应该陨落的年纪陨落。为什么我们的世界就没有想到为她举行纪念活动呢?"

"这是一个好问题，柚子。"何满满拍了拍他的肩膀，"这真的是一个非常好的问题。目前我没有办法回答这个问题，但是我有预感，它很快就能得到解答。"

柚子觉得自己像是个忽然莫名其妙地被老师鼓励了的小学生。虽然很高兴，但他并不知道自己哪里做对了。

"走吧。我们去调查。"

"去哪里？戴理桦家吗？"

"不是。我们去图书馆。"

柚子回国以后还没有来过春申市市立图书馆，这和他印象中建于20世纪六七十年代的那栋图书馆截然不同。眼前这座新图书馆是在两年前竣工的，外观上是典型的罗马风格建筑，不过其穹顶却应用了大量的玻璃连接，在保证馆内光线的同时，还将现代性与建筑主体融合在了一起。

柚子仰头望着玻璃穹顶，仿佛自己正沐浴在教堂庄严的圣光之中。

入口处的大厅正在举办"暴力与浪漫：法国大革命版画展"，吸引了不少人驻足。在路过那片展区的时候，柚子下意识地被其中的一幅彩色铜版画吸引。何满满并没有催促他，而是走过去和他一起欣赏起了那幅画作。

几乎在一瞬间，她便明白了它在众多作品中有特殊吸引力的原因。

第二章　奥古斯特的《思想者》

"这画的是路易十六的王后玛丽·安托瓦内特被处决时的场景吧？"即使对欧洲艺术史了解不多，何满满还是一眼认出了画的内容。

断头台占据了画作最中心、最显眼的位置，那位美丽的王后已然身首异处，她的头颅正被一位官员拎在手中示众。四周站满了士兵与平民，他们的神态各异，不过还是以亢奋与欢呼者居多。

这样极富张力的场景在一众肖像画和纷乱的战争画中很难不引起人们的注意。

"明明是在观赏死亡，却如此热闹。"柚子垂眼注视着画作道。

"确实。当时观看行刑几乎成了市民阶层重要的娱乐活动之一，人们会兜售食品饮料，或是唱民间小调助兴[1]。"人们惧怕死亡，但与此同时，死亡对人类又有着令人难以置信的吸引力。

对人类学出身的柚子而言，这个知识点并不新鲜，他点了点头："观刑者的狂欢。"他凑近打量着这幅铜版画，指着斩首台上的一个人问道："我更好奇的是，那位官员在向民众展示王后的头颅，这可以理解，但是这个人在干什么？"

何满满被他的问题提起了兴趣，凑近一看，发现斩首台上还有另一个官员的身影。他弯着腰站在王后那失去头颅的身体前，正用一个脸盆接住王后脖颈处喷涌而出的鲜血。从画作整体布局

---

[1] 参考中信出版集团2018年版《企鹅欧洲史·竞逐权力：1815—1914》，理查德·埃文斯著，胡利平译。——作者注

来看，这并不是一个显眼的位置，但是画家还是将他精细地刻画了出来。

"嗯，如果我没猜错的话，他在接王后的鲜血。"

柚子被这样的回答哽住了："……嗯！这真是具有启发性且显而易见的答案。"

何满满也意识到自己刚才的回答是多么没有营养，笑着继续解释道："当时的人们认为，新鲜的血液可以治疗癫痫，所以每次行刑的时候总会有癫痫病患买通行刑的官员，让其为他们盛上一杯犯人刚刚流出的血。"

"嗯，听上去有些熟悉……人血馒头？"柚子的脑海中很快浮现出中学时期的必读篇目中所描绘的内容。

"是的。其实更让人难以想象的是，这样的场景发生在现代医学诞生的几百年后。但是，那时的现代医学似乎远不足以给予人们希望，所以无助的病患们依旧沿用着古老而蒙昧的方法，企图多获得一点活下去的可能。"

"喝人血治病这样的行为很早就有吗？"

"古今中外，并不少见。比如喝血治疗癫痫的行为，某种程度上是对古罗马传统的沿袭。当时的人们相信饮用角斗士的血或者食用他们的肝脏可以治疗癫痫[1]。"她说到这里顿了顿，"其实有一件事很有意思，不知道你有没有想过？"

---

[1] 参考江西科学技术出版社2018年版《荒诞医学史》，莉迪亚·康内特·彼得森著，赵一杰译。——作者注

第二章 奥古斯特的《思想者》

"是什么?"

"法国大革命距现在的时间远远短于古罗马距法国大革命的时间。"

柚子算了算:"好像是。"

何满满注视着画中狂欢的民众,道:"那么如此短暂的岁月,是否真的足以使那些古老的信念与传统消弭殆尽?"

柚子一时给不出答案。

特地来观展的人不在少数,也有不少出入图书馆办事的人在经过大厅时逗留,铜版画前逐渐热闹了起来。为了尽少与这个世界的人进行接触,何满满向柚子使了一个眼色,两人默默地退出人群,朝电子阅览室的方向走去。

他们的手机无法连接到这个世界的局域网,更没有办法收到信号,以及联通移动的蜂窝数据。在本位世界操作起来无比简单的网络搜索,到了这里难如登天。所幸图书馆的电子阅览室是免费对外开放的。不需要预约,不需要图书证,每个人都有进来阅读和获得知识的机会。

断网的柚子坐在电脑前感叹,图书馆真是人类之光!

当他还在探头探脑不知从哪里入手的时候,已经在电脑面前浏览了一会儿信息的何满满却眉头紧锁。柚子不明所以,凑过去看何满满面前的显示屏。

何满满在搜索栏中输入了"大丽花案",然而却没有如同意料之中那样出现铺天盖地的报道。没有有关这个案件的细节,更没有官方通报。网页上最前面的几条都是1947年"黑色大丽花案"的词条和视频，以及那些会引起人们身体不适的残忍照片。

柚子第一次直观地感受到了世界的偏差。

"怎么会这样？"他盯着屏幕喃喃道，"可是这里的戴理桦确实死了啊。"

这句话提醒了何满满，她忽然振奋了起来，点开搜索框，这次她输入的是"戴理桦"。

何满满迅速地浏览了几秒钟，然后道："我想，你之前的问题，我已经有答案了。为什么我们的世界就没有想到为她举行纪念活动？"她将电脑屏幕稍稍向柚子的方向转了一些，映入他眼帘的是偌大的标题："连环杀人魔'雕塑师'再行动，受害者系高三女学生"。

"放血""休克""弃尸"等字样争先恐后地向他涌过来。

最后，他的目光停留在文章的最后一句话上："经进一步勘验确认，戴某桦受害时已怀孕。"

三

运动会已经过去两周了，戴理桦几乎每天都能在学校和陆原打照面，但是至今为止，她什么都没说。

她不知道自己应该怎么做才是对陆原、对自己最好的选择。

第二章 奥古斯特的《思想者》

那天傍晚，即便屋子里光线不好，她依然可以确定，陆原看到她了——看到了站在操作室外通过门缝偷窥、仓皇逃跑的她。

陆原屈辱而痛苦的表情在她的脑海里挥之不去。她不知道陆原是怎么想的，事实上，她也无暇揣测别人的心情。在过去的两周里，戴理桦都处于内心极度动荡的状态。秋茗交给她的化学竞赛小组的任务她拖到现在都没有完成。打开化学习题册，她的脑海中就会浮现出那天准备室桌子上属于秋茗的金丝眼镜。

然后耳畔就会响起那些令她不寒而栗的、陌生而又熟悉的喘息声。

等她回过神来，就会发现自己已经走神了很久。

前两天秋茗询问她有关化学竞赛小组的事情，她含糊其词。她不知道如何面对秋茗，因为她忽然意识到，小秋或许和她脑海中的那个人并不一样。

所幸秋茗只是以为她最近太忙了，跟她说："你最近工作太多了。竞赛班的事忙不过来，拖一拖也没有关系的。不要给自己太大压力，注意身体啊。"说完，笑着伸手拍了拍她的肩膀。

戴理桦感到自己的身体下意识地一僵，原本与秋茗之间再自然不过的动作，如今却令她神经紧绷，她甚至觉得方才被抚摸过的肩膀正疯狂滋生着苔藓，带着令人不适的凉意。但是，理智告诉她，此时此刻她必须在秋茗面前如常地生活，不能让秋茗察觉到任何异样。戴理桦强迫自己冷静下来，她不敢想象自己的笑容有多么僵硬："我知道的，别担心。"

运动会当晚，她回到家中，依然是一个人。爸爸在外地出差。她将顺路买的热狗放到微波炉里热了一下，又给自己泡了一杯红茶。一顿饭，从准备到吃完不过十分钟。

她回到自己的卧室。

房间里没开灯，唯一的光源只有眼前的电脑。

她坐在那里不知放空了多久，最终猛吸了一口气，在浏览器的搜索栏输入了"性侵"。

那些她从来没有试图联想、从来没有思考过的信息铺天盖地地向她涌来。她一条一条仔细地阅读相关法律条文，生怕错过任何相关信息。

"负有照护职责人员性侵罪：负有照护职责人员性侵罪是指对已满十四周岁不满十六周岁的未成年女性负有监护、收养、看护、教育、医疗等特殊职责的人员，与该未成年女性发生性关系的行为。"

从来没有接触过真实法律条文的戴理桦理解起这些文字来非常吃力。但是她很快意识到了问题所在：他们已经过了16岁的年纪，他们马上就要成年了。

所以，这是否就不构成这项性侵罪了？

她努力地在互联网中寻找答案，连她也说不清，她究竟想要得到什么样的结果。

直到她看到了一篇有关"滥用信任地位性侵"的论文。对什么是"信任地位"一无所知的她却下意识地点开了这篇文章。里

第二章 奥古斯特的《思想者》

面说道:"对已满十四周岁的未成年女性负有特殊职责的人员,利用其优势地位或者被害人孤立无援的境地,迫使未成年被害人就范,而与其发生性关系的,以强奸罪定罪处罚。"

"孤立无援"几个字,不知为何深深地刺痛了她。

戴理桦想起白天秋茗搭在她肩膀上的手掌。那是什么样的感觉?明明近处就有老师和同学来来往往,但她却觉得与世界隔绝了一般。她甚至不敢声张,俨然成为一名同谋者。她觉得脚下生出了树根,深深地扎到水泥里,让她动弹不得。

陆原也在经历这些吗?

她伸手合上了笔记本电脑。

接下来的几天,她看了很多书和纪录片,她试图搞明白这是怎么一回事,她试图理解其他亲历者是如何看待这件事情的。

但是她不敢网购任何一本纸质书,只敢将它们下载到电子阅读器上,在确认周围没有人的时候看。仿佛这些书本身就是什么见不得光的老鼠,仿佛看这些书籍的行为已经将她钉在了耻辱柱上。

"在看什么呢?"赵萌的身影从身后响起。戴理桦几乎像是神经反射一般将电子阅读器合了起来。

赵萌看到她慌张的样子,笑了起来:"我已经看到了!《小王子》是不是?没想到你平日里一本正经,却喜欢童话色彩这么浓的书啊。"

戴理桦松了一口气,低着头将电子阅读器塞回书包。赵萌看在眼里，解读成戴理桦默认了自己的话语，也就好心地不再揶揄她，转移了话题："我刚才路过实验楼的时候看见了陆原和小秋，陆原原本很不耐烦的样子，然后小秋在他耳边说了什么，他一下子就乖了。我怎么感觉陆原最近总是跟小秋在一起？"

言者无心听者有意，戴理桦下意识为陆原寻找借口："可能是竞赛小组的事情吧。升学时围棋不再是加分项，小秋希望他能靠竞赛冲个奖，即便不能保送，但多少能加几分。"

"原来如此。"赵萌恍然大悟。

上课铃声响起，戴理桦抬头，正巧看见陆原踩着铃声回到教室，脸色阴沉得能渗出水。

*

下午留下来做值日的时候，戴理桦才猛然发现今天的值日生是陆原和她两个人。

等教室里人走光了，他们才能开始一天的值日工作。陆原在讲台上擦黑板，她弯腰低着头，用扫帚一排一排地扫着地面。两个人没有任何交流，无论是肢体还是语言。

这个世界上可能没有比这更安静的场景了。

戴理桦不断告诫着自己，努力想要表现得自然一些。然而，在陆原忽然叫她班长的时候，她还是吓得把扫帚掉在了地上。戴理桦没有去捡扫帚,而是转过身,朝站在讲台上的陆原望去。后者早已将黑板擦好,站在那里静静地注视着她。

他就像是一座文艺复兴时期精致的雕塑,脸上没有多余的表情,语气也没有什么剧烈的波动:"那天,我知道你在门外。"

戴理桦觉得有一盆凉水从头上直直地浇下来。她心里知道是一回事,但当事人直接在她面前提起就完全是另一回事了。此时此刻她还没有做好面对他的准备。

很多人小的时候,喜欢在课上偷吃东西,在考试的时候看小抄,总认为自己身手敏捷,不会被老师发现。陆原此时站在讲台上才发现,教室里的一切都一览无余。站在这个位置上的人就仿佛是这个空间全知全能的神,教室里的所有人都在他的股掌之上。

他觉得自己根本挣脱不了。

戴理桦听到他的话以后的错愕、惊慌被陆原尽收眼底。对她的反应,陆原毫不意外。班长本来就是那种"好学生",优异的成绩、好的人缘、体贴的性格、不俗的样貌,这样的事情或许早已超出了她的承受范围。如果那天傍晚她没有折回实验室的话,她本来就不应该被卷进来。她会顺利毕业,直接被保送到全国最优秀的大学,拥有丰富多彩的人生。

"我希望你把那天看到的尽快忘掉,这对我们都好。"陆原等了等,发现戴理桦并没有回答,便接着说,"我不会把你那天在门外的事情告诉秋茗。也请你不要跟任何人说,装作什么都没有发生,太太平平地毕业。我希望你……多一事不如少一事。"

陆原觉得自己的语气中已经带着威胁。班长平日里和同学相处时那么温柔和气，她大概会被他吓到吧？不过她那么聪明，只要稍稍想想就应该明白，这么做对她来说是最好的选择。

"陆原，你知道自己正在经历什么吗？"

"什么？"他一时不明白戴理桦为什么会问他这个问题。他甚至无法想象他们竟然会就这个问题继续讨论下去。

可是戴理桦在最初的慌乱以后，逐渐找回了往日的镇定。她知道，越是在这个时候，她越是要表现得坚定，无论是陆原还是她自己都太需要这种坚定感。"陆原，你知道你正在被性侵吗？即便是男孩子也可以控诉自己被他人性侵了。"

陆原几乎说不出话来，他觉得事情已经朝着他从未想象过的方向发展了。他想要尽快结束这件事，主动和戴理桦提起并不是为了讨论，而是为了一个结果："知道又怎么样？不知道又怎么样？拿出来告诉别人，闹得尽人皆知，让班上的那些人说'嗑到真的了'？"

戴理桦觉得心脏被拧了一下。

是啊，他们这样年纪的学生还没有明确的是非观，对普通性行为与性侵的差别没有明晰的认知，面对长相优越的两个人，一旦有"亲密"的风吹草动，落入口舌中就会变成暧昧的八卦。殊不知，在嬉笑的背面，是当事人的不知所措与惴惴不安。

"我这么问你，只是因为我过去并不了解，原来他们是如此定义这样的行为的。"她每说一句都朝讲台的方向跨一步，"像监护人、医生、老师这样的特殊职责人员，他们不应该利用自己的信任地位实施性侵。因为在这种权力不对等的环境下，学生是没有拒绝的机会的。在这种权力关系面前，学生是孤立无援的，他们甚至意识不到发生了什么。所以，这一切都不是学生的错误，他们经历了不好的事情，在他们还没有能力认知这一切的时候。"

陆原觉得自己的呼吸变得急促。戴理桦一步一步地向他逼近。

第一次有人告诉他："没关系，不是你的错。"但是，他却不敢让她继续说下去，他知道自己无比懦弱，只想像只鸵鸟一般，把头埋进黑漆漆的沙地里。

"说了这么多，你究竟想要说明什么？给我普法，或者告诉我这些都是秋茗的错？"

戴理桦在他面前站定，仰头看向陆原。

戴理桦一直觉得，她和陆原之间，除了学生身份，没有任何其他的相似之处。

陆原很聪明，即便经常迟到早退，却依然可以学得很好，不像她，需要拼尽全力才能做一个他人眼中优秀的人；他从不软弱，可以随心所欲地选择要交的朋友，不像她，总在下意识地讨好所有人；他很勇敢，敢于顶撞老师，不像她，无论老师说了什么，做了什么，她都只会认同。

"我一直以为，我们没有任何相似之处。"

陆原不明白，此时此刻，她为什么要说这句话。

"但直到那天我才明白，原来我们都一样，都正在因为小秋经历着相似的、糟糕的事情。"

乍一听,陆原并没有明白其中的含义,但是很快她的话就像毒液一样蔓延到他全身。他不可思议地看向眼前这个娇小白净的姑娘。

"我和你说这些并不是想要和你讨论对错。"

她扯出了一个微不可察的笑容:"我只是想让你知道,你并不是一个人在面对。"

四

何满满与柚子一起回到本位世界的时候已经是下午。

她第一时间给肖恩发了信息,不出几分钟他就从重刑科赶了过来。何满满刚要开口却被肖恩制止住了:"要不要喝奶茶?"

忙了一个上午没吃东西的何满满与柚子互看了一眼,异口同声道:"要!"

周边的小巷里有一家名叫"阿元"的不显眼的奶茶铺,确切来说应该是小吃铺。无论是门面还是里面的陈设都非常具有台式风情。里面刨去吧台不过四五桌的位置,菜单也非常简单,除了常见的盐酥鸡、花莲炸香豆腐、蚵仔煎、甜不辣拼盘以及店家秘制卤肉饭以外,就是一些常见口味的奶茶。

很多次,肖恩半夜里下班拉着何满满去吃饭,周边地界只有这一家店开着。两个人可以喝奶茶喝到老板不胜其烦地赶人。

他们几乎产生了一种默契，只要肖恩问她想不想要喝奶茶，他们就会来到这家店。

这个时间点，店里并没有其他客人。老板早就已经和他们熟稔了，看见他们进来，高大且一身肌肉的白哥站了起来："随便坐。哟，今天带了朋友啊。"

何满满笑着拍了拍柚子："是的，我收小徒弟了，叫柚子。"她用手示意了一下老板："这是我们白哥。白哥，我今天要一份卤肉饭，一份糖水，一杯茉香奶茶，三分糖。"

肖恩点头和白哥打招呼："一份盐酥鸡，一杯原味奶茶，麻烦了。"

柚子顺势说道："那我要一份台湾香肠，一个甜不辣拼盘，一杯茉香奶茶，三分糖。"何满满给他递菜单的手悬在空中，好奇道："你第一次来怎么知道有什么？"

柚子指了指墙面上做旧的一串挂牌："上面写着呢。"

台式小店喜欢将菜名写在小吊牌上，挂在大家可以看见的地方。

何满满点了点头，收回了手中的菜单。

三人终于坐了下来，何满满跟柚子是真的饿了，菜一上来就风卷残云般吃了起来，没过一会儿就扫荡了个干净。肖恩支着下巴慢悠悠地边吃盐酥鸡边观赏他们的吃相，丝毫没有催促他们讲案子的意思。

吃饱喝足以后，何满满猛嘬了一口奶茶，擦了擦嘴。肖恩知道她是打算说正事了，于是将餐具往前推了推，腾出一块空地，掏出平板电脑道："有什么发现？"

何满满将之前用监测器照下来的新闻页面打印了出来，她将那张纸递到肖恩面前："我们刚才去了一个世界异化值 1.776 + 的世界。在那里，戴理桦死于'雕塑师'之手。"

"'雕塑师'？"肖恩皱眉。他无论如何都没有想到戴理桦的案子会与"雕塑师"有牵扯。这起困扰了春申市多年的连环杀人案，一直是由科长直接负责的。谁都知道那是个麻烦，没有人愿意被牵涉其中。眼下，事情变得复杂了起来。

"是的。她也是一周前在下城区吴淞河桥的桥墩处被人发现的，只不过被发现的时候，她并没有被分尸，也没有出现子宫被切除这种极具性暗示的情况。她身上的血被放干，死于失血性休克。应该说是非常典型的'雕塑师'的手笔了。"

新线索带来的冲击力被迅速消化，肖恩很快将状态调整回来，他的脸上不再出现任何惊讶的表情，只是点了点头，在平板上记录了些什么。

何满满继续道："所以在 1.776 + 的世界里，你们第一时间将戴理桦的案子与'雕塑师连环杀人案'并案调查了。"她说着朝身边的柚子伸手，后者从文件夹里抽出了另一张网页截图："与此同时，他们在验尸的时候发现，戴理桦在遇害时已经怀孕。我们目前找到的信息差不多就是这些。"

第二章 奥古斯特的《思想者》

肖恩扫了一眼他们递来的资料："真是令人震惊。"

虽然何满满完全没有在他脸上看出任何类似"震惊"的情绪。

他用手指敲了敲平板，问道："你怎么看？"

"我认为我们这个世界的戴理桦应该也是死于'雕塑师'之手。且不说一个人在同一天遇上两种恶性杀人事件的概率有多小，仅仅是按照被害者死亡时所呈现的状态判断，也大概率是这个结果。无论是放血还是失血性休克，这些'雕塑师'的典型手法在本位世界的戴理桦身上都有所体现。而你们之前之所以没有将两者联系在一起，是因为那个冲击力极大的分尸行为。它看上去太过残忍，以至吸引了所有人的目光，从而隐没了这个案件的其他部分。"

"确实如此。"肖恩认同了何满满的猜测。戴理桦遇到的应该就是"雕塑师"，所以她才会在相同时间遇害，并被抛尸在相同地点。

"中间一定发生了什么，才导致'雕塑师'的手法产生了如此特别的变化。我们现在无法确定这种变化是针对未来所有的受害者还是仅针对戴理桦个人。如果是后者，那么戴理桦身上究竟有什么特质让他做出了这样的改变？"

"或许，是因为戴理桦怀孕了？"柚子拿起影印出来的资料指了指，"我们这个世界的戴理桦被摘除子宫，里里外外被清洗干净，导致许多线索都在我们面前悄无声息地消失了。但如果1.776＋世界的验尸结果显示戴理桦已经怀孕，那在我们的世界里，戴理桦是否大概率也已经怀孕？"

肖恩沉思了一下，对何满满道："我认为柚子说的是合理的。"

"问题在于，"何满满伸出一根手指，"首先，'雕塑师'作为连环杀手，理论上并不是生活在戴理桦身边的人，那么他究竟是如何知道一个未成年女子怀孕这样的私密消息的呢？其次，假设怀孕是导致'雕塑师'作案手法转换的决定性因素，那么1.776＋世界里的他为什么却又以过去的方式作案呢？"

没有人能回答这个问题。起码基于他们现在所掌握的信息，无法就这个问题进行推断。

"另外，"何满满提醒道，"肖恩你是知道的，自调科所调查的信息，包括我们拍摄下来的照片、视频，都没有办法作为证据使用。它们至多可以给你提供某种参考。你不能拿着这些东西去找你们科长要求并案调查，我想他很有可能会把你轰出来。"

肖恩叹息："是的，我知道。科长最近忙'雕塑师'的案子已经变得越来越暴躁了，如果现在拿着'大丽花案'要求他并案，没有切实证据他是不会冒这个险的。问题在于，我仅仅是'大丽花案'的负责人，以我现在的权限，并没有办法申请'雕塑师连环杀人案'的内部资料。重刑科内每个专案小组自成一体，我所了解到的信息很有限。"

"那个，"此时柚子像个小学生一样举手道，"其实你们刚才一直在讲'雕塑师'，我不是太理解，那究竟是什么？那是凶手的代号吗？你们为什么叫他'雕塑师'？"

第二章　奥古斯特的《思想者》

何满满明显感到肖恩被柚子的问题哽住了，脸上的表情写满了"不会吧不会吧，不会真的有人不知道'雕塑师'吧"的震惊之意。她忍着笑意为柚子解释道："你理解一下，'雕塑师'刚刚开始作案的时候，柚子一直在莫国。他最近才回国，这期间'雕塑师'没有犯下新的案子。他不了解也正常。"

肖恩点点头表示理解，转头向柚子解释道："'雕塑师'的受害者的遗体有一个共同特点——他们身上是异于常人的惨白色。造成这种情况的原因是，他们都是失血性休克死亡，死前至少失去了2000毫升到3000毫升的血液。有好几个报案人起初都认为看到了被随意丢弃的雕塑或者人体石膏模型，等走近了才发现是尸体。也正因为如此，在被定性为连环杀人案并案以后，'雕塑师'也时常被媒体称为'艺术家杀人魔'。许多人认为'雕塑师'的作案手法极具美感，并不以残害或血腥为目的，很强调某种视觉感官上的和谐。所以民间有很多推理爱好者认为他很有可能是艺术相关的从业人士。"

"这听上去……手法挺古典啊。"柚子感叹道。

"我虽然知道'雕塑师'，但是对他之前犯下的几桩案子了解得不多，肖恩你可以给我们梳理一下细节吗？我是说在你的权限之内。"何满满道。

肖恩点了几下平板电脑，不一会儿何满满和柚子的工作邮箱里就收到了一份材料："现在发给你们的也不算是什么机密级别的内部资料，大部分在公共媒体上也能找到，只不过这份整理得比较齐全。"他划开第一页："'雕塑师'第一次犯案是在三年前的冬至，有人在春申市城郊松山区郊野植物园的绿化带处发现了一具男尸。那是'雕塑师'第一次犯案，没有人预见到之后发生的连环杀人案。我记得当时我也刚刚入职没多久，这个案子甚至都没有被转到重刑科。媒体上的报道重点则是案件发生的时间点，有些直接用了'冬至索命'这样的标题。"

"啊，都变成怪谈故事了。"柚子感叹道。

"没错。曾有一段时间，人们关于这个案件的讨论都往这种奇怪的方向演化了。"一个人死了，凶手是谁并没有引起社会各界过多的关注，反而是他的生活被起底，他所有的秘密被放在聚光灯下任人评说。最后，此案被与怪力乱神相联系，成了一桩神秘的悬案。"受害者叫丁朝儒，男，34岁，从事IT工作，未婚未育，也没有固定的伴侣。他来春申市读大学，后来就留在这里工作。当时的调查方向也是他身边的人，比如朋友、同事、邻居，等等，但经过一轮排查后并没有锁定嫌疑人，只不过周遭的人说他不大合群，性格比较安静。他遇害的前一天还正常去公司上班，然后加班到11点，因为公司报销车费所以打车回家。他租住的房子就在距离松山区郊野植物园两公里的地方。"

"所以当时这个案子就成悬案了？"何满满问道。

"也没有。主要是因为次年三月，在春申市海港新区新修建的主路边，又发现了一具尸体。死者名叫徐春霞，女，67岁，退休工人。她和丈夫住在下城区，儿子儿媳住在海港新区附近，她时常会在家里做好吃的，再跨越大半个城区给他们小两口送过去。被害人死前也被放血，浑身不正常的惨白。由于死状相同，此案很快被人和尚处于调查期的'丁朝儒案'联系起来了。警方开始意识到，它们很有可能是出自同一人之手。"

"奇怪的是，两者的人际关系并没有什么交集，平日里也没有和什么人产生利益冲突，最多只是工作上的问题和家人间的小矛盾，不足以构成杀机。"肖恩又划了一页平板，然后将它展示给何满满和柚子。上面是一张中年男人的照片，那人眼角有一道细小的疤痕，不注意看很容易忽视掉。但是，20世纪末到21世纪初在春申市长大的孩子应该对他很熟悉，即便认不得他的脸，也不会不知道他的声音。"随后，同年八月，春申市音乐电台的主持人晋柯遇害。"

"这个我知道！"何满满听到此处，像个积极的小学生，"我记得晋柯那个时候刚刚宣布自己即将离开春申市音乐电台。当时人们还很遗憾呢！他主持了二十多年的电台，我们小时候都是一边听他的节目一边写作业的。"

"这么说起来，我好像有印象！"柚子恍然大悟，"晋柯去世的时候影响确实很大。原来就是这个时候。"

"没错，也正是因为晋柯，'雕塑师'才开始受到广泛关注。然后是同年十二月，有人在春申市长安区一个废弃的工业区里发现了曾国涛的遗体。曾国涛，男，61岁，去年刚刚退休，家住江塘市，去年查出来食管癌，家乡的医院做不了手术，于是跑到春申市专门的肿瘤医院做了切除和化疗，但是很快就出现了吻合口瘘，后来又经历了几次手术才勉强稳定下来。他每过一段时间就需要来春申市复查，情况不好的话还需要住院。不过最近半年他的恢复情况比较理想，有力气自己活动，做一些力所能及的事情，也没有复发的迹象。失踪前，他和妻子住在长安区医院旁边的一个酒店里，打算坐第二天的高铁回家。曾国涛当天吃完晚饭后去周边的广场消食，其妻子则留在酒店里收拾行李。当晚他没有回酒店，随后其家人在其失踪24小时以后报案了。当时警方去各大医院排查了120送诊病患，以及回江塘市的各条线路，但一无所获。直到一周后，有人在长安区的工业园里发现了他的遗体，他也是因大量失血休克死亡，浑身惨白。"

肖恩说到这里有些口干舌燥，何满满很识趣地将桌子上的原味奶茶给他递过去，他喝过一口奶茶后才继续说道："接下来就是两起分别发生在去年六月和七月的案件。被害人姜雪飞和董茵茵，这两个人都是24岁。前者是尚在读研的法律系学生，后者是一家私人企业的公司前台。姜雪飞看上去并没有什么复杂的人际关系，其父母从小对她爱护有加，学业也很顺利，原本打算毕业以后继续读博深造。"

"姜雪飞我记得，是不是就是阿初遇上的第一个案子？"何满满道。

"没错，就是那起失踪案。至于董茵茵，通过进一步调查，我们发现她父母在她很小的时候就离婚了，之后她一直跟着母亲生活。不过她与母亲的关系也不是很融洽，在考上大专以后就开始独立生活。但仅凭前台工作的工资，她这样一个几乎无依无靠的小姑娘，想要在春申市立足非常困难。所以我们发现她也做一些皮肉生意，只不过比较隐晦，大都是通过同事或者熟人介绍。在此之后，'雕塑师'沉寂了，有一年的时间没有再犯案，然后就是你们说的戴理桦的这桩案子。"

"如果算上戴理桦，一共有七名受害人。"柚子用一只手支着下巴沉思道，"看上去实在是找不到什么规律啊，硬要说的话就是最近的几起案件都发生在年轻女孩身上。"

肖恩并不否认："这或许能够反映出雕塑师'趣味'的变化，但也不排除仅仅是某种巧合。如果不将戴理桦考虑在内，被害者们三男三女，年龄跨度很大，职业和婚恋状态也各不相同，其中甚至有并非久居于春申市的人。更重要的是，受害人被抛尸的地点几乎横跨了整个春申市，且往往遵照了被害人自己的生活轨迹，很难据此推测出'雕塑师'自己的生活圈。"

何满满接道："所以问题在于，'雕塑师'究竟是如何筛选这些受害人的，以及他究竟出于什么样的原因想要杀害他们？"

"可是这个样子，很明显他已经是无差别的杀人狂魔了吧？这样的凶手往往是有精神问题或者心理障碍，一般怎么可能会有逻辑可言？"柚子对他们试图解析连环杀人魔的言论表示非常不理解，"难道他们也是有行为逻辑的吗？"

"对尽快抓到凶手的目的而言，这种杀人魔的行为逻辑或许不是调查的重点。"她侧头看了一眼身边的肖恩，发现对方并没有要反驳她的意思，于是继续道，"但是无论是重刑科还是自调科，尤其是我们自调科，从工作内容的本质来看，是需要我们去理解凶手的行为逻辑的。他为什么要杀那些人，这与他过去的生活存在着什么样的关联？"

"哪怕那个人是个连环杀人魔？"

"哪怕那个人是个连环杀人魔。"何满满肯定道，"事实上，一些连环杀人魔在犯案的时候，对受害者的选择、手法、行凶的时间地点往往会传达出一些信息。而这些信息，说不定就是破案的关键。比如莫国就曾经有一个臭名昭著的杀人魔，他的受害者往往是妓女。在对她们施暴以后，他会将她们勒死，然后将她们弃尸荒野，这些被害者被发现时往往污秽不堪。这从某种意义上不仅显示出他特殊的性癖，更重要的是他对妓女的仇恨。她们的死亡本身并不能让他觉得好受，他需要更加具有视觉冲击力的虐待。事实上，这个杀人魔在落网以后，人们确实发现了他特殊的性癖，同时基于他和第一任妻子不愉快的情感经历，他行凶时的愤怒和报复心理也十分显著……"讲到这里，她忽然想起什么似的问道："'雕塑师'对那些遗体有虐待倾向吗？"

"这不好说。"肖恩回答道，"他会反复割开被害者的皮肉进行放血，有的时候是手肘中部，有时是足背，但是没有殴打、凌虐等迹象。目前很难判断他的作案手法是偏重放血本身，抑或放血是他虐待受害者的一种方式。"

第二章 奥古斯特的《思想者》

"手肘中部和足背？"

"没错。"

"你们有考虑过他放血的原因吗？比如，有些凶手非常喜欢看到被害人在他面前挣扎或者极度恐惧的表情……"

肖恩摇了摇头："我想'雕塑师'并没有这样的需求。事实上，我们曾从两位受害人的血液样本中提取到了麻醉药物的残留。它们属于代谢很快的种类，因此我们推断'雕塑师'或许给所有受害人都使用了麻醉药物，只不过有些已经无法被检测到了。作为佐证，所有的被害者身上都没有出现挣扎的痕迹。"

"这就有意思了。使用这种缓慢的谋杀方式，却又不是出于享受其中的过程……真是让人一筹莫展啊。"

肖恩无奈地苦笑："否则'雕塑师'也不会困扰重刑科这么久。所以，当你告诉我'大丽花案'也是'雕塑师'手笔的时候，这条线索我是全身心拒绝的。"

何满满拍了拍肖恩的肩膀以表同情："不过好消息是，至少现在我们知道这是连环杀人案的一部分。那么，从戴理桦的人际关系入手的调查方针显然是错误的，她身边人作案的可能性瞬间减少了很多，我们可以少走很多弯路。"

"话是这样说没错，但是我并不能就这样跟科长汇报。难道要我敲敲科长的门，礼貌地告诉他，"肖恩挺直腰板，学着自己平时汇报工作的样子，"说出来您可能不相信，但是在另一个世界，戴理桦是死于'雕塑师'之手，所以我认为现在的人际关系调查

175

是毫无意义的。"

何满满脑补了一下那个画面，似乎非常灾难。她轻咳了一声："我和柚子虽然不能介入'雕塑师'的其他案件，但是我们至少可以从戴理桦案本身入手。我想，接下来我们或许可以去其他平行世界弄清楚两个问题。第一，案发的那天下午，她究竟去了哪里？戴理桦那天提交了病假条，但是根据她朋友们的说法，她看上去并没有什么健康问题。同时赵萌还提到她有可能是因为家事请假，她或许是去见了什么人。对此，不仅仅是学校里的老师，连其父亲蒋庆山也不清楚。"她比了一个"V"的手势："第二，'雕塑师'的手法为什么改变了？柚子和我或许先要去一些相对临近的世界，看看在我们这里发生的分尸究竟是偶发事件还是有规律可循。"她举着剪刀手笑眯眯的样子让人有种她势在必得的错觉。"往好了想，要是解开了这两个疑问，'雕塑师连环杀人案'就是你破的呀，小老弟！"

行，要是能破案，小老弟就小老弟吧。

肖恩坐直身子，恭谨地向她颔首道："那就拜托了。"

*

出了"阿元"，肖恩接到了出外勤的通知电话，便急着离开了。

走在回自调科的路上，柚子忽然问道："师父，其实有件事情我到现在还是没有明白。"

何满满一手背到身后，一手抚摸着不存在的胡子道："乖徒儿，你且说来听听。"

柚子见到她这个样子，抿嘴笑了笑，露出了两个小小的酒窝。他配合何满满摆出一副求知若渴的模样："你当时在1.776＋世界看到新闻的时候说，我们很快就会知道为什么我们的世界就没有想到为她举行纪念活动，我到现在还没有明白，是什么原因？"

何满满没有想到是这个问题，她不再捋她下巴上的"空气胡子"，而是认真地回答道："一个花季少女忽然以这种惨烈的方式离世，虽然公众并不知道其子宫被摘除的事实，但她的尸体被用一种极具性暗示的方法肢解，你觉得他们会怎么想？"

柚子一时并不明白何满满言语中的意思，但是想了想还是遵照自己的本心如实回答："遗憾？"

何满满点了点头："是呀，应该是如此的。遗憾、愤怒、希望凶手尽快落网。这些难道不应该是再自然不过的情绪吗？可是并不是所有人都会这么想。他们会质疑戴理桦的私生活，会有人问为什么别人没事，只有她出事了？被害者有罪论在这个时候发挥着极大的效力，许多同情的声音和情绪慢慢地被淹没，转化成了一种观望的态度。人们会'让子弹飞一会儿'，以避免自己的判断是鲁莽的。但是他们忘记了，无论是什么原因，'戴理桦被谋杀'

本身就是一件足够令人遗憾和愤怒的事情。

"只有当这种无差别连环杀人魔出现时，因为被害原因看似无规律可循，所以人们才会产生一种悲悯的情绪：今天或许是这个无辜的女孩，明天也有可能是自己。只有在这个时候，被害者的特质才不会成为她被害的原罪，而人们终于可以悼念死亡本身。"

听了何满满的话，柚子忽然觉得从脚底蔓延上来一股凉意。他从来没有思考过这个问题。原来，在这个世界，会有人，会有许多人，如此看待戴理桦的死亡。

何满满手中的电话突然响了，上面是一串陌生的号码。何满满想了想，还是按了接听键："喂，你好。"

对面传来了风的沙沙声，就仿佛是有人不小心碰到了通话键一般。但是何满满却并没有挂掉，而是带着几分笃定道："陆原，是你吗？"

那边并没有马上作答。半分钟之后，传来了少年干净的声线，他像是在用尽全力隐忍着某种情绪："我想……理桦永远不会原谅我了。"

可是，听到这句话的何满满，嘴角却勾起了微笑。

因为，她听到电话那头，六角凉亭上的那口古钟，传出了阵阵低鸣。

振聋发聩。

第二章　奥古斯特的《思想者》

五

肖恩开口要人正中江组长下怀，他几乎是放着鞭炮将张若初送出去的。

即使明白江组长对自己不待见，张若初此时依然难掩惆怅，他以为至少这几天，在江组长为他的调查提出建议的时候，这位上峰的态度多少有些改变。然而事实证明，那只是他的一厢情愿。

肖恩并没有出言安慰，而是开始向张若初说起了借调的原因："我们现在在等鉴定科关于姜雪飞的报告，一旦确定是'雕塑师'的惯用手法，就会并案调查，也就是由科长直接督导。"他顿了顿："科长之前希望由我负责姜雪飞生前的活动轨迹调查这一部分，我向他推荐了你。我想，目前重刑科应该没有谁会比你更了解姜雪飞这个人。"

对张若初而言，这是很高的评价，让他从沮丧中打起了精神。

于是肖恩带着他，跟随包括科长在内的一行人前往与重刑科有长期合作的殡仪馆。因为姜雪飞是疑似重大恶劣刑事案件的受害者，所以检验人员是由重刑科指派的。

姜雪飞的尸体是周二中午在海港新区的一个集装箱集散点被发现的。

重刑科一行人到达殡仪馆时，姜雪飞的父母已经在那里了。他们分站在尸体的两旁，姜太太捂着嘴静静地抽泣。重刑科的众人以及检验科的工作人员瞬间将这幽闭的房间填满。

人头攒动，张若初只能远远地看了一眼躺在检验台上的姜雪飞。她还穿着报失踪时那件浅棕色的西装外套，衣服上褶皱很少，显得干净整洁。唯一被弄脏的是她米白色的西装裤，上面留下了一摊琥珀色的污渍。

"她被发现的时候衣物都是整洁的，没有严重的外伤，也没有被性侵的迹象。只是裤子上有尿液残留的痕迹，我们推测是濒死时失禁导致的。"肖恩用低沉的声音向张若初说明。

"'雕塑师'之前的受害者也都是这样吗？"

"你是说遗体的体面和整洁吗？基本上都差不多。不过死前失禁的，这倒是第一例。"

那边，科长已经带头向姜先生和姜太太鞠躬。不过显然，这样的慰问对受害者家属并没有多少宽慰作用，他们甚至不愿意将身体转向科长。在断断续续的哭声中，他们听到了姜太太几乎已经喘不上气的声音："我们一早就报了案的！我们说过飞飞是不会离家出走的，但是你们不信！"

这样的责问几乎可以将人逼到墙角。

就在这时，姜太太似乎看到了队伍里的张若初。这里的人她都不认识，但她认识张若初。她快步走到他面前，人们自动为她让开了一条路。她的身量比张若初要矮上许多，跟张若初说话的时候需要仰着头。

然而就是这样一位娇小的母亲，却让张若初有了一种想要逃跑的冲动。

第二章　奥古斯特的《思想者》

"我们告诉过你的，飞飞一定是遇上麻烦了！"她已经很克制了，没有歇斯底里地大叫，没有动手纠缠，她甚至没有碰到张若初。但她的眼神却仿佛想要将张若初吃掉。或许不仅仅是张若初，她想要将在座的所有人都吃掉："你们本来可以救她的！如果你们把我的话当回事，或许飞飞那个时候还没有死！你们本来可以救她的！"

一个身影挡在了张若初面前，将他与那怨毒的视线隔开。

张若初抬头看去，那是肖恩前辈。

"您节哀，我们一定会找到凶手的。"

我们会找到凶手，告慰她的亡灵。

这就是之后很多年里都令张若初夙夜难寐的场面。

*

回到重刑科以后，肖恩将张若初带到了十九楼的露台。

理论上这个露台是重刑科和自调科公用的，上面摆着几套藤蔓制的桌椅，是忙里偷闲的绝佳场所。只不过重刑科的警察们鲜少懂得利用这个空间，即便难得有了空闲，他们也更愿意去吸烟室抽根烟。因此，这个露台绝大多数时间都被自调科的调查员们"霸占"着。他们摆上了舒适的靠垫，支起了颜色素净的遮阳伞，还放置了月季、扶郎这样的花卉，近期甚至还种起了西红柿。

肖恩觉得在殡仪馆所见的场面，对张若初这样的新人而言还是太沉重了些。他希望在一个相对令人放松的场所和他进行有关姜雪飞的谈话，而这个露台是他能想到的除自调科以外最令人放松的地方了。

他简单向张若初介绍了一下"雕塑师连环杀人案"的基本情况。张若初是知道案件本身的，但是内里的细节却并没有对所有人公开。

"也就是说，'雕塑师'的抛尸地点基本上与受害者的失踪地点吻合？"

肖恩点了点头："依照现在掌握的情况，基本上可以这么说。"他将之前几名被害者的照片一字排开，首先拿起一张年轻男性的照片，这是后来所有案件的起点："比如说第一位受害者丁朝儒，在松山区郊野植物园的绿化带处被发现。我们有证据显示，他在失踪那天的晚上加班后坐车回到了自己的住处附近，而他的出租屋就在郊野植物园附近。再比如说第二位受害者徐春霞，她虽然居住在下城区，但是她的儿子儿媳在海港新区有一套房，根据其家人提供的信息，她在失踪那天上午曾去儿子家中打扫，并在冰箱里放置了提前备好的小菜，在11点左右还与儿子进行了通话，随后就再无消息，直到第二天她的尸体在海港新区新修建的主路边被发现。这里与她儿子的住处虽然有一段路程，但并不算太远。其他两名受害者的情况也基本遵循了这个规律。"

张若初的目光扫过那一张张相片，三男一女，年纪、从事职

第二章 奥古斯特的《思想者》

业以及社会地位各不相同，其中甚至还有久居江塘市的外来人员。

他知道姜雪飞很快就会成为这些照片中的一员，但他不知道她是不是最后一个。

"可是……"张若初迟疑了一下，提出了疑问，"姜雪飞的情况好像有点儿不大符合这个规律。"

肖恩点了点头，用眼神示意他继续说下去。

张若初翻开笔记本，飞快地画了几个圆圈，将它们拼凑成简易的春申市地图："我们现在知道，周三那天姜雪飞从宿舍出发去政法大学开会，宿舍在松山区，而政法大学在普江区。两者虽说横跨大半个春申市，但实际上只不过隔了一个长安区。再说，她晚上的相亲活动被安排在了家附近，也就是安汇区。且不说松山区与安汇区比邻，即便是从普江区到安汇区，也只需要跨过长安区而已。

"但是她的尸体却是在海港新区被发现的。"

"是的，如果按照之前的规律，那就意味着她应该是在海港新区集装箱集散地附近失踪的。"张若初顿了顿，"如果她真的是被'雕塑师'杀害的话。"

肖恩对他突如其来的严谨会心一笑，表示肯定他的推论。

张若初放下手中的笔："如果她是在长安区被发现的，我还能理解。可如果是在海港新区……无论是去相亲还是回宿舍，打车还是坐公共交通，我都想象不出她为什么会去集装箱集散地附近。这似乎是在绕远路。"他泄了气似的向后一靠。

"如果是坐公共交通的话,她会怎么走?"

"这我问过她的室友们。她们学校附近是没什么公交车站的,最近的地铁站都要走半个小时。因此她们需要先坐校巴短驳到站点,然后再搭乘一条穿越长安区的地铁到达政法大学附近的地铁站,前后要花费五十分钟到一个小时左右。这个校巴一般情况下每十分钟一班,但是……"

说到这里张若初突然停了下来。他的眼睛开始慢慢睁大,就在这一瞬间,他仿佛清晰地感受到自己的额头被刑侦之神抚摩了一下。他连忙掏出手机,在相册里翻找起来。

肖恩在一旁静静地等待着,虽然不知道他究竟想到了什么,但直觉告诉肖恩,此时,或许张若初才是离真相最近的人。他听到这个年轻人嘴巴里念念有词:"海港新区,我记得他们有这个站点。所以我说那个集装箱集散地怎么那么眼熟,应该就是在那里……没错!"他最后说"没错"的时候几乎快从椅子上弹起来了。他兴奋地将手机递给了肖恩。

那是一张校巴的时刻表,上面清晰地标注着不同线路的站点和发车时间。

"姜雪飞的室友当时告诉我,除了松山区的几个大学城和那个最近的地铁站,校巴在临近的长安区、安汇区和海港新区都有站点,只不过一般情况下这些站点发车的频次会在一个小时左右。而他们的校巴在海港新区的站点,则是这个公交车站。"他将手机划到地图的页面,这个被定位的公交车站并不在非常繁忙的地段，但却是好几辆公交车的停靠点。在它的不远处还有一条通往市中心的地铁线的车站。

最重要的是，这里距集装箱集散地不到三公里。

这不会是巧合。

"不仅如此，"张若初继而以公交车站和政法大学作为起止点，将路线展示给肖恩，"从政法大学出发到这个公交车站，有一辆413路是直达的。事实上，如果刨除等车所需的时间，全程只有短短二十五分钟。而根据姜雪飞学校提供的时刻表，她恰巧是有可能赶上每隔一小时出现在海港新区地铁站的校巴的。如果一切顺利，那么她从政法大学回到宿舍的时间满打满算也不过四十分钟。

"这是一条被导航系统忽略，只有姜雪飞她们才有可能知道的捷径。"

"这样她出现在海港新区也就不那么难以理解了。"肖恩将手机还给张若初，"也就是说，姜雪飞那个时候是打算回宿舍的。"

"我想是这样的。"

"可为什么最后她没能坐上那趟校巴呢？她晚点了？"

"不。因为那天的特殊情况。"张若初回答道，"这份是一般情况下的校巴时刻表，但是根据姜雪飞室友们的说法，周三那天校巴的班次被削减了，去学校附近地铁站的班次改成了一个小时一班，去其他区的线路也被取消了。她的室友们原本打算出去购物，到了车站才看到通知，不得不改变计划。"

"也就是说，姜雪飞本人在此之前很有可能并没有看到班次调整的通知，直到她坐着413路到站以后，才看到那里张贴的告示？"

张若初点了点头："我不知道他们是否在海港新区的公交车站上张贴了告示。不过如果姜雪飞久久等不到校车，她应该也会登录学校公告栏确认时间，她总归会发现的。"他继续道，"那么接下来，她不得不选择其他交通工具回宿舍。比如网约车、出租车之类。"

"我们查看过她的手机，并没有那个时间段的网约车订单。"

"我想应该也是，如果留下了如此明显的痕迹，'雕塑师'的行踪也不会到现在都令人难以捉摸。排除了网约车的选项，她还可以扬招、打顺风车……"

"这听上去倒跟莫国的国情比较相符。"莫国很多地区地广人稀，在路上扬招搭顺风车的人并不少见。事实上，20世纪的好几桩连环杀人事件就是在这种背景下发生的。

肖恩的话不无道理，顺风车文化在春申市并没有那么兴盛。再加上近几年网约车的盛行，随手拦顺风车的情况就更加难得一见。张若初顺着肖恩的话继续说道："是这样的。不过在和姜雪飞室友们谈话的时候，我发现她们的认知与我们以往的好像有些不大一样。大学城附近地广人稀，在还没有校巴车的年代，学生们只能依靠黑车出行，他们对这样的方式似乎并不排斥。"

肖恩之前重刑科在调查"'雕塑师'连环杀人事件"时，因为国情而忽略了这种可能性。如果正如张若初猜想的那样,"雕塑师"有可能是黑车或者顺风车司机,那么或许就可以解释被害者的遇害地点无法反映出凶手的生活区,且几乎散布整个春申市的原因。但是问题也随之出现:"雕塑师"究竟是如何选择"猎物"的?他是无差别地杀害每一个上车的乘客,抑或是遵循着某种标准?

警方内部早已有了共识:"雕塑师"具有个人特色的手法背后必然存在着某种意义。虽然目前他们尚无法窥探出其背后的规律,但一旦找到突破口,也许很多问题都会迎刃而解。

"很有启发性。我会将你的发现报告科长的,以排查其他受害者搭乘顺风车的可能性,虽然未必有结果,但在我看来,这是很好的思路。"

这是张若初进入重刑科一个星期以来第一次被郑重其事地夸赞。这令他受宠若惊,一时不知如何回应:"啊,好,谢,谢谢。"

就在这时,一个女声插了进来:"哎,我天。露台居然会有人!"发现是肖恩以后,她忙道:"抱歉,我是不是打扰到你们了,你们是在讨论工作吗?"

"没有,我们刚刚聊完,正准备去吃饭。"张若初能听出来,肖恩此时的语气比往常更加轻松友好。他转过头向张若初介绍道:"这是隔壁自调科的调查员,何满满。"

张若初只知道隔壁有一个小小的科室,并不知道它叫什么名字,更不知道其真实用途。但是对他而言,肖恩前辈的朋友就是他的前辈了。于是他像往常那样站起身，郑重地自我介绍："何满满前辈您好，我叫张若初，上周刚刚入职重刑科，现在还没有转正。"

"叫我满满，或者满满姐就好。"何满满走向他们所在的位置，张若初这才注意到她手里托着一个比萨盒，"你对菠萝过敏吗？"

"啊，不，不过敏。"这样的问题在让张若初猝不及防的同时，又让他有一丝似曾相识的感觉。

"太好了。"何满满将比萨盒放在桌子上，打开来，里面是一个热气腾腾的夏威夷比萨，"本来小楠婆婆吵着要吃，结果到了午饭点自己忘了，跑到楼下吃阳春面去了。你们要是不介意，一块儿吃吧。"

肖恩丝毫没有跟她客气的意思，已经上手拿了一块。张若初坐下来，也跟着吃了起来。

"你们刚才在讨论正事吗？很少看到你们重刑科来露台啊。"何满满边吃边问道。

"是阿初之前的案子，现在被并案调查了。"肖恩回答道。他随即将姜雪飞的案子与"雕塑师"案向何满满大概叙述了一遍，只不过很严谨地没有泄露任何内部细节。

"我刚才也看到新闻推送了，说'雕塑师'又犯案了。原来这个案子就是你接的呀！"何满满对张若初道，"对刚刚进重刑科的新人，这是很宝贵的经验。破不破案倒是其次，主要是享受过程。"

肖恩在一旁抿嘴笑了笑。

说到姜雪飞的案子，张若初将手里吃到一半的比萨放了下来，神情暗淡。

"你不必把姜太太的话太放在心上。"肖恩似乎看穿了他的心事，"按照'雕塑师'一贯的作风，姜雪飞失踪那天很有可能就已经遇害了。尸检的死亡时间应该也可以佐证。"

"我明白。"张若初道，"我只是不明白，她究竟为什么会放弃那场年会提前离开。那场会议对她真的很重要，是她未来学术生涯的重要一步，为此她做了非常非常多的努力，她紧张得好几个晚上睡不着。可是为什么……明明已经到了，她却选择离开。如果她没有离开，或许后面的事情就不会发生了。"张若初好像说的是姜雪飞，又好像是在说自己。肖恩很敏锐地察觉到了这一点，他知道一个自考生想要进入重刑科是一件多么困难的事情。在为某个目标奋力一搏这件事上，张若初或许从姜雪飞身上看到了自己过去，甚至是现在的影子。

"如果是我，就算大腿骨上插了钢筋，也要把会开完。"

听了这话，何满满与肖恩面面相觑。半晌，她问道："你们重刑科的人，对自己都这么狠吗？"

肖恩摇摇头："不，只有他这么狠。"

张若初也意识到事情绝不至于到了要插钢筋的地步，不好意思地用手指蹭了蹭鼻子，继续吃刚才放下的比萨。只是他没想到,何满满却在认真思考他刚才的话,最终回复道:"听上去那场年会对姜雪飞真的很重要,那么她提前离开,一定是发生了什么对她来说意义更加重大的事情。"

"什么事情?"

"可能比钢筋插在大腿骨上还要重要。"

"啊……"张若初张了张嘴,不知如何接着问下去。

"其实插在大腿上的钢筋造成的只是身体的疼痛。你要相信,这个世界上有很多事情远比钢筋插在大腿上对人更具毁灭性。而姜雪飞那天遇到的,或许正是这样的事情。"

第三章　希波克拉底[1]的四体液学说

---

[1] 希波克拉底（前460—前370），古希腊医师，被西方尊为"医学之父"。四体液学说为其提出的医学理论，认为人体内存在四种液体，影响人的气质与健康。

第三章　希波克拉底的四体液学说

一

根据何满满的调查方针，他们决定优先前往异化值较小的几个世界，弄清这个世界发生的分尸行为背后是否有什么规律可循。原本以为最不济的情况也不过是他们跑了几个世界，却丝毫无法寻找到其中的规律。但是，他们很快就发现，自己还是太轻敌了。

这个案件比何满满往日里接手的自然死亡调查要复杂许多。

当柚子跟着何满满被传送到异化值1.2114＋的世界以后，就被告知他需要独自去图书馆搜集资料。何满满带着充满鼓励的眼神拍了拍小同志的肩膀道："你已经是个成熟的调查员了，应该学会独立做平行调查了。"

不是……你们调查员成熟起来都这么快的吗？

"可是这还只是我第二次到平行世界……我们之前都没分开过！"面对这个要求，柚子顽强地抗议道。

"你总要学会离开我分头行动的,相信自己,你能行。"何满满的样子像极了一个哄骗傻儿子的狡猾母亲,"更何况,我不是为了节省一点儿时间嘛!我打算去戴理桦的学校门口确认一下。你看,我们这次被传输的地点离学校有段距离,这样一来一回会荒废掉很多时间。肖恩还等着我们的线索升职加薪呢!"

"那你怎么不去图书馆查新闻?"柚子无力地质疑道。

"当然是因为那比较费时费力啊!"何满满是如此理直气壮。

不过正是她这样的态度让柚子放弃了挣扎,谁让他是个小徒弟?他再三叮嘱何满满在四中附近等他,不要瞎跑,更不要自己提前回本位世界。他的样子像极了带主人出去遛的边牧。

"知道了,知道了。"何满满挥了挥手,终究还是极有职业操守地提醒了一句,"记得截屏摄像!"

收到了任务,柚子敢怒不敢言,一人朝图书馆的方向跑去。何满满确认了一下时间,正是早晨学生们上学的时候,因而也迈开步子朝图书馆反方向的学校走去。

7点钟的学校附近总是车水马龙的,许多私家车停在距离校门口几米处,不一会儿会有穿着校服背着双肩包的学生从里面走下来。他们会朝私家车里的家长挥挥手,然后大步迈向学校。也有学生会嘴里叼着面包,一路疯跑到校门口。距离迟到还有好一会儿,但是他们却需要为抄作业留下一定的时间。

相比之下,何满满这副闲庭信步的模样就显得和这个场景格格不入了。

她就像是湍流中的砥柱。

走到四中的侧门，何满满愣了愣，因为那里没有摆放任何鲜花和蜡烛，她蹲下来仔细辨别了一下，没有发现丝毫蜡或者花粉的痕迹。显然这里的纪念角并不是被撤掉的，而是从一开始就没有设立纪念角。她站起身来，用一只手支着下巴沉思起来：看来在1.2114＋的世界里，戴理桦的遗体和本位世界一样，并没有呈现出"雕塑师"的经典手法。

她猜测，去图书馆查新闻的柚子或许会得到这个世界的戴理桦还是被分尸的消息。

如果真的如同柚子之前推测的那样，怀孕是戴理桦被分尸的原因，那么为什么在1.776＋的世界里，"雕塑师"的手法又发生了改变呢？

许许多多的疑问在她脑海中形成，她觉得明明有一根线可以将它们串联起来，但是自己并不怎么聪明的脑袋却一时间找不到线头。

何满满随意地扫了一眼校门口，然而就是这一眼令其瞳孔震动。

她看见了戴理桦。

活生生的，而不是照片资料上的戴理桦。

她正背着书包，走进校门。她看上去状态很糟糕——脸色惨白，眼袋也很重，似乎正受到严重的失眠问题的困扰。但是，无论看上去多糟糕，起码她还活着。

方才在脑海中转动的所有逻辑推演全部被推翻了。

戴理桦没有被分尸，也没有被放血，而是活灵活现地出现在了她眼前。

虽然何满满很清楚，在本位世界中已经去世的调查对象，很有可能因为某个关键的差异继续存活于其他世界，但是她没有想到，在异化值如此低的世界里自己居然还能看到戴理桦。

1.776+世界的戴理桦没有活下来，1.2114+世界的戴理桦却存活了下来。

何满满的脑海里飞快地盘算着上前直接询问戴理桦的合理性，并在几乎一瞬间放弃了这一想法。正如她对柚子讲的那样，理论上她并不担心世界轨迹位移，但是她时刻忌惮着另一件事：她的询问很有可能对这个世界的戴理桦的人生产生本质性的影响。

说到底，自调科拥有的并不是时光机，他们无法穿越过去和未来。他们并不是全知全能的神，不知道究竟什么情况对于他人是更好的人生。

但是，在她刚刚成为调查员的时候，她曾被某个人非常严肃地教导："我们并没有被赋予改变他人人生的权利，如果这样做了，就要做好承担相应后果的觉悟。"

在这样的敏感期，任何外力因素都可能使戴理桦的人生轨迹发生改变，更不要提直接交谈。

何满满很清楚，即便无法通过与戴理桦的交谈获得有关"大丽花案"乃至"雕塑师"的重要线索，起码也能解决那个困扰了他们很久的问题：周一下午，她究竟去哪儿了？通过此类信息，肖恩可以尽快地锁定凶手，那些失去亲人的家属可以得到慰藉，许多人可以避免死于连环杀人魔之手的命运，春申市上空笼罩着的死亡阴影将消散。

她多希望自己是个功利主义者，可以将"绝大多数人的幸福"作为唯一的考量标准。

但是她却做不到。

这也是戴理桦的人生。

在大多数人的幸福面前，她的人生轨迹或许显得一文不值。

何满满甚至不知道如果与她搭话会产生什么样的影响，或许变好，或许变坏。但是她不敢拿戴理桦来冒险。

这是规则。

每个人的人生都应该被重视。

因为他们不是这个社会微不足道的组成部分，而是一个个活生生的人。

何满满目送着戴理桦进了校门。若说没有一丝懊恼肯定是假的，她仿佛眼睁睁地看着一条重要线索从自己面前溜走，还得用左手打右手说：别动。

但是她不认为自己做了个错误的决定。

每个行业都有自己赖以为继的准则，她需要尊重和遵守自调科的准则。

她叹了口气，决定犒劳一下做出正确选择的自己。她走进学校旁边的一家咖啡厅,点了一杯拿铁和一个巧克力千层蛋糕,边吃边等柚子回来。她找了一个靠落地窗的吧台,可以一边享受阳光,一边观察外面的人流。早晨的街道是最为忙碌的,学生、上班族在车水马龙间穿梭,偶尔也会有几个悠闲的老人家,穿着舒适宽松的衣服,去经常光顾的店里买早饭或者小菜。

何满满的视线有些失焦,巧克力带着一丝厚重的苦味在她嘴里弥漫开来,随后是醇香的甘甜,这些味道她都不讨厌。她现在急需糖分让自己的大脑运作起来。

很显然,这个世界是特别的,这里隐藏着可以解开之前那些问题的钥匙。

但是为了获得那枚钥匙,必须打开潘多拉的盒子,何满满不愿意。

此时,何满满看到马路对面出现了柚子的身影,他穿着米黄色的卫衣,斜挎着黑色的腰包,头顶戴着深棕色的帽子。何满满隔着玻璃朝他挥了挥手,可惜这个家伙并没有注意到她。何满满也不好隔着马路出声喊他,于是打算用监测器跟他联络。然而刚刚打开联络的界面,她却忽然停住了。她猛然抬起头,再次打量马路对面的柚子。

虽然看不真切,但是她意识到对方穿的裤子不一样了。他们来时柚子穿了一条黑色的工装裤,而对面的那个人却穿着更加亮眼的牛仔裤。

柚子不会毫无缘由地在一个平行世界里更换衣物。很显然,站在那边的不是本位世界的柚子。何满满眯起眼睛,发现他的手上并未佩戴监测器,她可以确认那个人属于异化值 1.2114 + 的世界。

"柚子"正低着头查看手机,他时不时地抬头确认一下周遭的环境,仿佛是在等什么人。他的外形还是何满满熟悉的样子,只是他垂头的时候,额前刘海儿形成的阴影挡住了他的眼睛,他抿着嘴,看不出一丝笑意,看上去甚至有些阴郁。这和本位世界的他表现出来的开朗乐天的少年气形成了巨大反差。

何满满不由得感叹:原来看上去人畜无害的柚子也会露出这样的表情。

但很快,一个意想不到的人出现在了何满满的视线中——她的老同学岳杉正提着公文包赶路。何满满这才想起岳杉之前似乎提过他在这附近上班。他小跑路过"柚子"的时候,"柚子"像是对着空气说了些什么,马路对面的岳杉宛若瞬间被按了定格键,他缓缓地转过身,眼神带着恐惧。

何满满坐在这个无名的小店里,隔着玻璃窗,丝毫听不见他们的对话。更加遗憾的是,她还不会腹语。

这时,主路上的绿灯亮了,车流缓缓地启动、穿梭。"柚子"和岳杉的身影被一辆辆行驶而过的车子遮挡。直到红灯亮起,车辆停下,他们却不再停留在原地。

何满满试图在整条街道上寻找这两个人的身影,却一无所获,就仿佛刚才所见到的只不过是一场不足为外人道的幻梦。人和人之间的关系真是奇妙，何满满从来没有想过她的小徒弟居然会和她的老同学有交集。

更重要的是，光看岳杉当时的眼神，他们之间应该不存在友好的寒暄。

"柚子"到底和岳杉说了什么？他们是怎么认识的？

这个世界的何满满呢？"柚子"有没有成为她的新搭档？上周末她和岳杉有没有去看《捕鼠器》的公演？

这些疑问使何满满困惑了一会儿，但很快就释然了。她没有忘记自己平行调查的本职工作，更不会执着于弄清楚身边的人在每一个世界的人际关系。

何满满在咖啡店里又坐了一会儿，在她几乎将手上那杯超大杯拿铁喝完的时候，柚子找到了她。这次是货真价实的、戴着监测器从本位世界过来的柚子。

他似乎害怕何满满把他一个人丢在这里，从图书馆火急火燎地跑过来，却发现某人正在悠闲地喝着咖啡。他没有使用监视器就找到了她，站在落地窗外大力地挥动着双手，在发现何满满并没有要出来的打算以后，只得认命地进了店里。

何满满为他点了一杯柠檬红茶，支着下巴笑眯眯道："你这条工装裤挺好看。"

柚子被她看得身上恶寒，却又丝毫摸不着头脑。

何满满挥了挥手，显然不打算在这个话题上继续下去了。她为柚子拉开椅子，道："你那边调查得怎么样了？"

第三章　希波克拉底的四体液学说

柚子调出监测器上面的画面："戴理桦没有死。"

"这个我看到了。"

柚子虽然有些疑惑她是怎么看到的，但还是继续道："不过一周前，一个保安还是在安汇区的烂尾楼里发现了一具女尸，浑身惨白，死因为失血性休克，典型的'雕塑师'手笔。"

他将自己拍到的被害者资料递给何满满，同时道："被害者叫何雪晴，今年20岁，在莫国读大学，由于家中老人病重，回国探病。她下了飞机就直接去了医院，傍晚的时候自己带着行李回家休息。人们再见到她的时候就是在烂尾楼里了。"

看着照片上盒子的遗容，苍白的脸上泛着梅花状的斑块，鲜艳而刺眼。何满满一时说不出话来。

第三种情况出现了。她所认识的盒子，在本位世界活生生的盒子，也被卷入了这起恶性事件当中。

所以1.2114+世界的戴理桦没有遇害，并非因为"雕塑师"停止了行动，而是因为他更换了狩猎对象。

何满满垂眼看着柚子拍的照片沉默了半晌。此时她感受到了一种颇为复杂的情感：遗憾、愤怒以及无力。

"虽然不知道'雕塑师'是谁，"如果肖恩在这里，他会发现满满说这话时带着只有工作时才会展露出的坚定目光，"但我想，我现在应该有办法找到他了。"

*

柚子觉得何满满从1.2114＋的世界回来以后就有些不对劲。

具体哪里不对劲，他也说不上来。她一回来就开始查阅各种资料，柚子打着接水的由头凑过去偷看，却发现对方桌上一本本的《临床医学的诞生》《从体液论到科学医学》《医疗与帝国》《剑桥医学史》，不知道的人会以为她正在准备西方医疗史考试。

"怎么了，柚子？"纵然看上去很忙碌，但是面对小徒弟茫然的模样，何满满还是停下手中的活儿来关心他。

柚子凑近了那堆医学书问道："你看这些做什么？"

"找灵感。"

"灵感？是'大丽花案'的灵感吗？"他拿起其中一本大部头，不大理解两者之间的关系，但他能感觉到，自从知道1.2114＋世界的受害者是何雪晴以后，何满满看上去就胸有成竹了许多。

"是的。历史是人类的根茎，当有什么无法理解的事情时，历史往往可以告诉我们答案。"何满满说起这话的时候眼睛亮晶晶的。柚子忽然回忆起她是历史系毕业的学生，漂洋过海到异国他乡学习历史，想必是非常喜欢吧。

"所以，你找到答案了吗？"

"我觉得我们离答案不远了。"

至于答案是什么，柚子没有急着问下去，等到合适的时机，他就会知道了。

第三章　希波克拉底的四体液学说

傍晚时分,肖恩终于得空从重刑科跑来自调科的休息区参加他们的小组会议。这次他拎着三大袋"网红"奶茶,分给整个自调科。其他人乐呵呵地吃了人家东西,顺便强调让何满满他们用心些调查,毕竟吃人家嘴软。这家店新开没多久,平均排队时长据说有三四个小时。肖恩不可能有时间去做这种事情,很显然,他额外花钱找了代排。

柚子嘬了一口珍珠,觉得找代排这种事情和肖恩前辈很不般配。

何满满挑了一杯焦糖珍珠的。肖恩旋即问道:"怎么,心情不好?"

柚子愕然,他无法想象肖恩是如何从何满满的奶茶选择中推断出她的心情的。即便是重刑科的警员,这也是不合理的技能!难道是用奶茶算卦的吗?

肖恩解释道:"她平日里的首选是茉香奶茶,心情不好的时候才会选一些更甜的东西。"

"原来如此。"这种细节,柚子完全不知道。

肖恩开门见山地问道:"这个叫何雪晴的被害者,你认识?"

虽然他用的是疑问句,但是从语气上却能听出点肯定句的意思。

这回,在工位上看报纸的吕叔也从报纸后面探出头来,他张了张嘴,似是想要询问。何满满不等吕叔说话就先转过头去安抚道:"是她。您放心,我会提醒她注意安全的。"

吕叔点了点头，便没有再言语，而何满满很快在肖恩与柚子的注视下承认道："是的，我认识盒子。她是我之前的委托人。"

肖恩了然，还有这层关系。

知道自己认识的人在平行世界里横死，这并不是一件能够令人宽心的事情。

柚子捋了捋目前的状况，用马克笔在休息区的白板上整理了一下目前已知的信息：

本位世界（戴理桦，分尸，怀孕？）
1.2114＋（何雪晴，"雕塑师"，怀孕？）
1.776＋（戴理桦，"雕塑师"，怀孕）

"现在我们知道，'雕塑师'更换了目标，且没有选择分尸。除此之外呢？还有什么遗漏的信息吗？"

"我们还知道了戴理桦那天下午究竟去了哪儿。"何满满看着白板上的信息道。

"我们知道……吗？"柚子有些疑惑，自己是否跟何满满拿到的不是同一份材料？但是这些材料分明是他亲自搜集来的。

"戴理桦在请假条上没有骗人，她确实去了医院。"何满满走向白板，在上面写上"安汇区"三个字，"盒子的爷爷因为多器官衰竭被送入了安汇区中心医院，盒子跟我说过，她当时连行李都没放就和朋友打车去了医院。在异化值1.776＋的世界里，戴理桦依然是在下城区吴淞河桥的桥墩下被人发现的,根据'雕塑师'过去的作案规律,弃尸地点并不是'雕塑师'的活动范围,而是被害人自己的生活圈。我想我们可以达成某种共识——下城区是戴理桦因为某种原因自己选择前往的,而非'雕塑师'特别挑选的地址。"

肖恩在沙发上换了个更加舒服的姿势,轻轻地点了点头,表示认同。

"也就是说,异化值1.2114+的世界的弃尸地点也是盒子的生活区,也就是'雕塑师'遇上盒子的地方。事实上,如果我没记错的话,盒子春申市的家在普江区。因此'雕塑师'带走她的时候应该是在医院附近,她甚至来不及回到普江区的家中。现在,盒子的行动轨迹是清晰的,她回到春申市以后除了安汇区中心医院并没有去过任何其他地方。接下来就要说到戴理桦的行动轨迹了。"她又圈出了戴理桦被发现的地点"下城区"三个字,"下城区与安汇区几乎横跨了大半个春申市,我不认为原本出现在安汇区的'雕塑师'会无缘无故地去那么远的地方,他只有可能是在锁定目标以后尾随而至。值得注意的是,由于1.2114+的异化值其实很低,而以戴理桦作为平行调查的对象,这意味着对戴理桦而言,她所经历的事情与本位世界基本相同,除了……一个小小的偏差,而正是这个偏差导致了截然不同的结果。"

"要想让这个偏差成立,戴理桦那个下午只能出现在安汇区中心医院。"说到这里,何满满已经摒弃了得知盒子遇害时的沮丧,完全呈现出了平时的工作状态。

肖恩点头:"所幸你接受过何雪晴的委托,为我们提供了我们不曾掌握的信息。"

"是的,这算是意外的收获了。也正因为如此,我们或许有机会找到'雕塑师'。"说着,何满满推了推并不存在的眼镜,对肖恩道,"接下来我要说的事情有点不符合现代人的常识,请你将就些。"

肖恩翘了翘嘴角,换了个舒服的姿势欣赏何满满现在这副自信满满的模样,嘴上谦虚道:"好,我努力。"也不知道是努力跟上,还是努力将就些。

她调出了当时柚子在异化值 $1.2114+$ 的世界拍摄的新闻。除了大段的文字描述,上面还有警方拍摄的现场照片。虽然被害者的脸被打了马赛克,但皮肤还是露了出来。"我的推断还要从这张照片说起。"

柚子凑近看了半天,发现被害者的身上有着不少暗红色的梅花斑纹,那不像是由外力造成的伤害,而是病理性的斑纹。

"之前盒子作为我的委托人,和我见过几面。她曾告诉过我,她从小就有这种免疫系统的疾病:只要过于劳累,身上就会开始起一些红色的斑块;如果得不到充分的休息,还会发烧。"何满满脑海中浮现出那天在离开餐厅时,盒子局促不安的模样。

"原来如此,是因为生病了。"柚子了然地点了点头。

"不过我第一次见到她的时候,她并没有出现这些症状。"

肖恩眯了眯眼睛，像是从何满满这句话中捕捉到了猎物的气息。

"而按照时间线来说，盒子向我提出委托的时候，是'大丽花案'发生的两天后。也就是说，在1.2114+和本位世界里，此案受害者和'雕塑师'产生交集的节点存在显著差异。1.2114+世界的盒子或许是因为坐了十几个小时的飞机过于劳累，又或许是因为负面情绪过多，在她身体里长期'寄居'的疾病在更早的时间点发作了。"

"于是我就开始思考，这样显性的特征会不会与'雕塑师'转移目标存在着某种联系？于是我又重新查看了迄今为止的六起案件。肖恩曾经说过，受害者都呈现出相似的特点，他们都曾被放血，和正常值相比，死前至少失去了2000毫升的血液，死因也均被诊断为失血性休克。"她伸出一根手指点了点，"不过更重要的是他放血的部位。"

"部位？"柚子努力回想那天肖恩提到的受害者被割开的位置，"手肘中部和足背？这些地方有什么问题吗？"

"没问题，但这里是静脉。"

"静脉？"柚子依然不明白何满满想要说明什么。

"如果将自己代入嗜血成性的连环杀手的位置，你会发现切割静脉放血并不是理想的选择。静脉血流速缓慢，血液会像小溪流一样缓缓地渗出，如果要放血，'雕塑师'的选择甚至会给自己添不少麻烦。静脉的伤口即便不去处理，人类神奇的凝血系统也往往会令伤口愈合。为此,'雕塑师'才不得不费时费力地不断划开那些位置,最终导致被害者失血性休克死亡。如果我是凶手,"何满满点了点自己的腘窝和脖颈,"这些动脉才是一个想要置被害者于死地的凶手会选择的部位。动脉血流速快,虽然藏得比较深,但是一旦割开,血液就会喷射而出,甚至没有办法用压迫法止血。"

"或许……"柚子小声道,"或许'雕塑师'只是享受观察被害者痛苦的样子……"

"我本来也有这样的猜测。作为一个连环杀人犯,虐杀的过程或许比结果更令其兴奋吧。但是就像肖恩之前说的,他们曾在被害者身上检测到了麻醉药的残留,被害者身上并没有挣扎的痕迹。或许在最后,有些被害者身上的麻醉剂效果消失了,他们的意识是清醒的,但是由于失血过多已经无力挣扎,只能眼睁睁地看着自己的生命流失。但是,使用麻醉剂这一行为起码可以说明,'雕塑师'对他们惊恐的表情丝毫不感兴趣。"那么问题来了,他这么做的目的究竟是什么呢?"

肖恩抱着胸,从刚才开始就安安静静地听着,完全没有插嘴。此时,他开口道:"所以你认为,他这么做的目的是什么呢?"他知道,刚才何满满会这么问,必然是心里已经有答案了。

"我发现,一直以来我们都将'杀人'作为'雕塑师'所有行为的大前提,试图推断出他行为模式背后的逻辑,因此陷入了死胡同。但是,如果跳出这个以结果为导向的预设,将关注点聚焦在

'放血'这一行为本身,或许他的动机就能够串联起来了。"

"你是说,'雕塑师'所关注的重点在于血液?"

"又或是'放血'这个举动本身。"何满满补充,"我不否认连环杀人魔之间必然存在着某些共性。这些数据来自大量的样本,它们所勾勒出的是一个'平均值'。就像将全人类的面部肖像叠加,最后形成的面容也是一个'平均值'。这对我们认识一个群体必然是有帮助的。"但是这些并不是自调科成立的宗旨。"当'平均值'对某一案件无效时,或许我们应该意识到,我们所探究的是作为个体的'雕塑师',而非众多连环杀人魔中的一个。"

"事实上,严格说起来,这还是柚子给予我的启发。"她笑眯眯地看向柚子,"还记得我们那天在图书馆里看的版画展吗?"

突然被点名的柚子一时没反应过来,愣了两秒钟才想起何满满说的是他们在1.776+世界做平行调查时无意间路过的法国大革命展:"王后的斩首?"

"没错没错。"何满满似乎很高兴他还记得,满意地点了点头,"不过重点不在王后,而在那位用盆接血的官员,和台下那些等待鲜血治病的癫痫病人。"

"你是说,'雕塑师'可能是为了搜集被害人的血液?"

"正好相反。它只是提醒了我血液在现代医学中的重要性,以及对那些走投无路的病人的特殊性。你们或许知道,在人类历史中,放血并不是什么罕见的事情,因为放血导致他人死亡在很长一段时间里也并不是什么违法的事情。这是在古代西方医学中非常重要的实践,在现代临床医学诞生之前,放血疗法是被普遍信任和使用的。究其根源,它来自古希腊'医学之父'希波克拉底的四体液学说。希波克拉底认为,人体是由血液、黏液、黄胆汁和黑胆汁共建的,四液可以在健康的身体里维持某种平衡,但是当血液过多时,患者就会患各种各样的疾病,因此古代医师就会采用放血疗法。"

"略有耳闻。"

"事实上,回看历史,有不少名人都死于这种放血疗法。比如英格兰的查理二世曾因出现中风的迹象请医师治疗,医师们直接割开了他胳膊上的血管,放了半品脱[1]的血液。甚至有记载提到,他最后去世的时候身体里的血液都干了。"

"这听上去似乎……"

"似乎很像那些受害者的情况?"何满满继续道,"华盛顿也是放血疗法的牺牲品,他由于急性咽炎出现了呼吸道梗阻。当时美国本土有一位人称'宾夕法尼亚的希波克拉底'的著名医师本杰明·鲁什,他是放血疗法的虔诚推广者。据传,当时美国医疗体系中四分之三的医生都是他的信徒。于是有人在对华盛顿进行医治时放掉了他近2500毫升的血液,最后谁也说不清华盛顿是死于急性咽炎还是失血性休克。此外,我们所熟知的莫扎特、拿破仑都死于这种治疗方法。如果患者在放完一定剂量的血以后病情

---

[1] 1品脱≈0.5683升。

并没出现好转，医师就会放更多的血。最后这些病人都出现了惨白、虚弱、酱油尿等症状，最后因为失血而死亡。

"我知道我们作为现代人听到这些会觉得很离谱，但是不得不承认，现代西方医学的发展也不过是最近两百年的事情。而那个时候，作为一种可以令人活下去的希望，'放血'可以被视作一种信仰，它有着诸多虔诚的信徒。"

柚子对何满满的言论是认同的，不过想到他们正在讨论案件，还是感到疑惑："但是放血疗法早已退出历史舞台了吧？"

何满满似乎猜测到他会这么问，摇了摇头："从科学的角度来说，所谓的'放血疗法'现在还是有用武之地的。比如血色病、铁沉积、高血压或者是对中风患者的急救，等等。也有研究认为，给阿尔茨海默病患者放血后，注入年轻人的血液可以逆转病情。不过，这里的放血都是在合理、少量的范围内进行的。"

"听你这意思，还有非科学的放血吗？"

柚子提出这个问题的时候本以为很快就能得到答案，但是何满满却并没有急着回答他，而是认真措辞，很是慎重地引向了另一个问题："我这么说你们或许未必会同意，但是在很多人眼里，医学相较于科学，事实上更像是一种信仰。人们相信医学，不仅仅是因为它能够将人治愈，还因为它可以给人一种信念感——'我还有被治愈的可能''我还有继续活下去的可能'。但是如果有一天医学告诉你，'这是不治之症''凭借现在的技术可能没有办法治愈'，人们对医学的信仰可能会在瞬间崩塌。事实上，对普通人而言,被医学抛弃是比死亡更可怕的事情。

"所以回到你刚才的问题。时至今日,还存在'非科学的放血'吗?是的。在癌症、不明原因疼痛、狂躁、免疫系统疾病、抑郁等疾病的患者群体当中,在那些科学的触手还无法企及的领域,放血疗法一直是一种口耳相传的偏方,许多没有资质的医疗机构也会使用这种手段。你说那些患者不相信医学吗?也未必。但是他们的疾病太令人绝望,令医学的信徒也产生了动摇。他们因此急需寻找信念的凭依对象。"

虽然对这一话题有太多想说的话,所幸何满满还是明白自己是在讲解戴理桦和"雕塑师"的案子:"所以如果将放血作为一种'治疗'手段,而非'杀人'手段,'雕塑师'的行为逻辑似乎就解释得通了。

"静脉放血并不容易,需要时刻面对凝血的问题。但是作为'治疗','雕塑师'是绝对不会割开人的动脉的,因为那和他的本意背道而驰。与此同时,他给患者使用麻醉药,尽可能地减轻患者的痛苦。在'治疗'失败以后,整理患者的遗体,将他们送回来处。"何满满一样样地梳理着"雕塑师"的行为,最后总结道,"这仿佛就是来自一位体面医生的典型治疗手段。

"基于此,'雕塑师'选择受害者的标准就显而易见了。"

答案呼之欲出。

"是疾病。"三个人异口同声道。

原本充斥着三人热烈讨论声的自调科里,此时却如狂欢节结束后的广场，浸染了一份无法消解的落寞。

过了一会儿，何满满才再次开口："盒子因为劳累等原因，导致发病时间比本位世界提前了。由于她身上明显的红斑，让她成了比戴理桦更加吸引'雕塑师'的'猎物'。而在过去那些案件当中，第四位受害者曾国涛的资料很明确地显示，他是食管癌患者。与此同时，昨晚我搜索了几年前的新闻，是有关春申市音乐电台主持人晋柯的。"

何满满掏出手机，将截图翻找出来，上面是一篇晋柯在春申市电视台做的访谈报道。主持人问他为什么选择离开春申市音乐电台，是不是找到新的东家了。晋柯却回答，是长时间密集的工作使他的身体超负荷了，他需要好好休息一下。

"当时，他看上去很健康。即便这么说了，很多人也认为这只不过是他想要离开电台的一个较为体面的借口。"何满满遗憾地收回手机，"不过现在看来，事实未必如此。"

"以我的权限，我并不能查找'雕塑师连环杀人案'所有受害者的内部信息。不过即便能进入那个信息系统，或许也找不到什么线索。重刑科或许会对被害者患有某种致命疾病这一现实加以关注，就像对曾国涛和他的食管癌一样。但是，那些非致命的、慢性的，却能够导致患者切实痛苦的疾病，往往会是调查的盲区。"

肖恩不得不承认，何满满说的是他们重刑科的现实。他们根据经验挑选那些"重要"的信息，并加以深入剖析。如果不这么做的话，他们的工作量就太大了。

何满满宽慰道:"这并不是重刑科的问题,这是人类社会的约定俗成。刚才说过,虽然不知道那个'雕塑师'是谁,但我认为我能找到他。我们已经达成了共识,'雕塑师'选择'猎物'的标准是疾病。然而,疾病是一件非常个人和私密的事情。一般情况下,不是极为亲近的人是无法得知的。你们之前应该对'雕塑师连环杀人案'的被害者们做过非常周密的人际关系网络调查,想必也没有找到重合点。这也就意味着,'雕塑师'并不是潜伏在这些人周边的某个亲友。那么他是如何获得被害者罹患疾病这一重要信息的?"

"医院。"肖恩回答道。

"没错,医院。就像戴理桦与盒子那天一样。"

柚子连忙询问道:"你是说'雕塑师'很有可能是个医生?"他想了想又开始自我否定:"可是不对啊,如果是个医生,虽然这能帮助他更快地锁定被害者,但他的活动范围应该更加有限,受害者的分布范围也不应该那么广泛。"

何满满非常欣慰,觉得自己这个小徒弟简直优秀:"他应该不是某个医院的医生,而是一个需要与各个医院进行密切业务往来的人员,所以他的活动范围很广泛。他了解如何分辨静脉和动脉,了解各种疾病给患者带来的痛苦,了解如何轻易地搞到并适量地使用麻醉药。"

"比如医药代表?"

"是的,比如医药代表,或是需要频繁进出医院的药物研究人员。接下来，重刑科的工作可能会比较辛苦，简单来说就是寻找交集。你们可能需要去确认之前那些被害者是否有什么不为人知的慢性疾病、基础病，寻找他们长期就诊的医院，再去确认他们最后一次前往医院就诊的日期。那天应该是他们被盯上或者是与'雕塑师'产生交集的日子。在此之后，'雕塑师'应该会尾随他的'猎物'，并寻找合适的时机下手。医药代表在推销药品或者医疗器械时，一般会找决策层，如院长、科室主任等，各个科室也时常会在科会上留给医药代表一些时间进行药品宣传，这些都会被科室秘书记录在案。而对于私人拜访，主任秘书往往会提前预约。运气好的话，你们或许能够找到在被害者就诊的日子里频繁出现的那个人。"

肖恩感受到前所未有的振奋。想到他们有可能锁定那个形同鬼魅的"雕塑师"，他恨不得立刻离开这里展开调查。

只是他在合上笔记本的刹那似乎想到了些什么，说道："只是戴理桦毕竟不是被'雕塑师'以惯用手法杀害，且不说还没有并案调查，即便抓到'雕塑师'了，如果他否认自己杀害了戴理桦，我们难以就此案对他提起公诉……"他自觉何满满对案件的推进已经作出了极大的贡献，实在不好得寸进尺，语气里多了一丝犹豫："所以，你们能不能再帮我一个忙，帮我解开戴理桦被分尸的真正原因？"

何满满并不意外肖恩有此请求，倒不如说，如果肖恩没提这茬她才会觉得奇怪："你放心，即便你不说，我也打算弄清楚这背后的原因。工作嘛，要有始有终的。"

"谢谢。"肖恩拿起文件朝门外走去，临到门口了又折回来，"无论你们能不能找到背后的原因，我都会管你三年奶茶。"

末了，他又补充了一句："柚子也是。"

被莫名管了奶茶的柚子满头问号。

二

"桦仔，桦仔？"赵萌的声音将戴理桦从神游中拉了回来。方才，她注意到秋茗将陆原叫走了。

"桦仔。你最近和陆原是不是有什么情况啊？"赵萌坐在她前座，趴在她的桌面上问道。作为班委，她们在讨论一个月以后升旗仪式的方案，但戴理桦刚才又走神了。

"没有……"戴理桦下意识否认，顿了顿，"你为什么会这么问？"

赵萌支棱起身子来："我也说不好，就是感觉……你最近总是盯着陆原发呆。"

"也有可能是我发呆的时候，陆原正巧站在那里。"她敲了敲手上的文件道，"赶快弄吧，我下午家里有事，请假了。这周起码要把主题和节目定下来。"

赵萌知道也问不出个所以然，撇了撇嘴，继续埋头搞升旗仪

第三章　希波克拉底的四体液学说

式的事情。

戴理桦不知道应该怎么定义她和陆原之间的关系。很显然，他们算不上朋友，没有人会希望自己的友谊是从这种龌龊的土壤里萌芽的。平日在学校里，他们依然没有什么交集，但是那天以后，他们却好像成了彼此的孤木，供对方在浮沉无依的汪洋里勉力支撑。

日子已经过去了很久，可是秋茗和他们这种近乎病态的关系却始终保持着。戴理桦不知道秋茗是否知道她和陆原会私下联系，又或者他根本不在意。他们的联系就像是一座支离破碎的水晶屋，不过一片落叶也能使之轰然坍塌。但是偏偏它还维持着表面的平和。

戴理桦必须承认，她曾经是对秋茗有好感的。甚至不能仅仅称之为好感，那时的她认为那种感情就是爱。

秋茗看上去太需要帮助了。刚刚认识他的时候，他似乎在被所有人欺负，被教导主任、年级组的老师刁难，甚至学生都不把他放在眼里。他是一个温和斯文的人，对于不公正的待遇，他从来没有选择过正面抗争，而是慢慢地自我消化。他看上去害怕让任何人不开心，因而从不敢主动说出自己的想法。

不知不觉，戴理桦变得喜欢观察秋茗。她总觉得秋茗的身上有自己的影子。

她作为班长，原本只需要做好本职工作，但是秋茗却向她求助了。她无法忽视秋茗向她传递过来的求救信号。从另一个角度来说，她是高兴的，这是人生第一次，她切实地感觉到自己是被某个人需要着的。

慢慢地，秋茗对她越来越依赖，无论是班级事务，还是化学竞赛小组，抑或是其他……秋茗总是很放心地将事情交给她，秋茗对她总是与众不同的。别人在夸赞她的时候，秋茗也会露出一副与有荣焉的表情。

在后来的很长一段时间里，戴理桦都认为，那是秋茗对她的偏爱。

而她为了保留这份偏爱，愿意付出一切。

她就像一个虔诚的献祭者，双手献上了自己的精神和肉体。

然而，运动会那天傍晚的意外让她有机会重新审视秋茗，重新审视他们的关系。过去，秋茗很容易让她产生抱歉和愧疚的情绪，如果他交代给她的事情她没有按照预期完成，他从不会责怪她，他会强调他是如何信任她，但是她却辜负了他的期望。自我谴责的情绪会令她寝食难安，从而想尽一切办法弥补他。

她终于发现，别人夸赞她的时候，秋茗的表情其实并非与有荣焉，而是将她视为自己所有物时的骄傲。

她花了很长时间试图重新理解她曾以为的"师生恋"，终于看清了这段关系背后畸形的真相。

那段时间，她注册了许多社交媒体账号，登录了很多论坛。人们将那些与她经历相似的人称为受害者。在特殊的情境下，如学校、医院、训练营，在不对等的权力关系中，特别是对未成年人而言，他们没有说"不"的权力和意识。

"就像在军训的时候，班上的许多女生都会对自己的教官产生好感。"一个名为"女性权益保护组织"的论坛中，有人是这么跟戴理桦解释的。她举的这个例子虽然不适用于所有人，但是戴理桦却好像能明白那是什么意思。

学校这样半封闭的空间创造了拥有至高话语权的"神"。

而她不具备对"神"说"不"的能力。

那个人还告诉她，并不是所有的师生恋都是错误的，现实生活中甚至有不少学生与老师结婚生子、共度余生的例子。但是，在学校这一环境里，师生恋之所以是非人伦的，是由于个别正面的案例并不能作为事情的全貌。师生恋无论是在初中、高中还是大学阶段的校园里被禁止，是为了保护更多的人。

"这不容易。虽然我不知道你正经历着什么，但是我相信那非常艰难。但请不要放弃。我知道你是个勇敢的姑娘。"素未谋面的女生在电脑的另一端如是鼓励着她。

而戴理桦想到的却是：有一个人或许比她更加艰难。

因为，他是男性，身上背负着更多刻板印象，他是更加难以发声的男性受害者。

其实，戴理桦并不知道应该如何在短期内改变她和秋茗之间的关系。她应该向他摊牌，但是又害怕打破现在的平衡后可能出现的后果。

她不敢告诉赵萌，更不敢让爸爸知道。

她不敢想象，爸爸如果知道了事情的原委会是什么样的表情。

他会因她而蒙羞吗？会后悔将她养大吗？

毕竟一开始，她是自愿的。

更糟糕的是，她原以为与秋茗的这段关系是她的自主选择，她为秋茗所遭受到的不公正待遇而感到不平，她贪恋秋茗给予她的温柔，为此她愿意满足秋茗的所有需求，无论是生理上还是心理上。然而，当她想要从这段关系中抽离，却发现自己无能为力时，戴理桦第一次意识到，在这种不平等的权力关系下，那些一厢情愿的自主选择不过是一触即碎的幻境。

没有人知道她与秋茗发生肢体接触时，她感受到的恶寒，遑论秋茗在她身上发泄欲望时，她胃里翻江倒海的不适感。

她的身体不会骗人。秋茗似乎也已经察觉到了她的转变，可他非但没有表现出任何担忧，甚至还显得格外兴奋。他比过去更加频繁地将她带去化学准备室，就好像是为了特地欣赏她屈辱而又害怕的表情。

那天下午的学生活动课，戴理桦从硬邦邦的办公桌上艰难地下来。终于结束了漫长的煎熬，戴理桦面无表情地整理着自己的白色衬衫。她皱起眉头，发现第二颗扣子因为方才秋茗粗暴的撕扯脱线掉落了，它或许就掉落在准备室的某个角落，但她并不愿意弯腰去寻找。秋茗已经衣冠楚楚地站在饮水机前，甚至为他自己泡了一杯咖啡，他突然出声道："你最近是遇上什么事了吗？"

他嘴角挂着淡淡的微笑，金丝眼镜后面的眼睛也是笑眯眯的。戴理桦不明白此时他说这些话的用意,他不是从头到尾都显得那么漫不经心吗?她尽可能地让自己神态如常,回答一些无关紧要的话:"没有。可能是最近班级事情太多,有些累了。"

"有理桦在,班里的事几乎不用我操心。"他朝她逼近了一步,骨节分明的手拂过戴理桦还未来得及整理的头发,"前两天开会,已经确定你保送燕都大学了,恭喜啊。"

戴理桦不敢动了,她的大脑甚至都来不及处理秋茗话语中的信息,只觉得原本温文尔雅的人,此刻却像藤蔓一样,让她有种喘不上气的感觉。她勉强扯出一个笑容,假装很惊喜的样子:"真的吗?太好了。"

"这是你应得的,理桦,你一直都是那么优秀,那么聪明,那么……听话。现在,你要做的就是顺利毕业,然后去我们国家最好的大学,开始崭新的篇章。"他说着凑到她的耳边,用一种气音道,"只是,如果出于种种原因,不能顺利毕业,那就太可惜了。你说呢?"

戴理桦只觉得自己汗毛倒竖,在他的注视下,逃也似的离开了化学准备室。

她跑累了,扶着教学楼的墙壁大口地呼吸着空气。现在是上课时间,楼道里一个人影都没有,只有各个班级老师授课的声音若隐若现地传来。她原本几乎提到嗓子眼儿的心在剧烈运动后意外地平静了下来。

秋茗为什么要和她提保送的事情?

秋茗为什么在这个时间点威胁她？

戴理桦站直身体，困扰了她许久的迷雾似乎终于透进了一丝光亮。

她的一只手缓缓地捂住肚子。

这是不是意味着，秋茗他……也开始感到害怕了？

*

陆原离开的时候狠狠地摔了一下化学准备室的门，并用一种看害虫的目光看了他一眼。秋茗终于瘫坐在椅子上，他能听见自己剧烈的心跳声。他试着活动了一下身体，却发现办公桌下有一个白色圆点。他弯腰去捡，仔细一看是学生校服上的贝壳色纽扣。

"秋老师，"隔壁高一年级组的化学老师敲了敲准备室的门，那是一个四十多岁的中年女人，兴许是刚才听到了这边的动静，"我刚才看到你们班的陆原出去……你没事吧？"

她站在门口，嘴上虽然问着，但还是下意识地朝准备室里张望了一下，仿佛是在期待看到什么痕迹。

秋茗下意识地藏起扣子，连忙站起来，脸上挂着无奈的笑意："没事，还不是因为升学。陆原那个孩子不怎么听劝……"

"是，我也听说了。也就秋老师你脾气好不跟他计较，还帮他争取升学加分。"对方咂了咂嘴，语重心长地说教道，"不是我说你，遇上这种学生，要么就凶过他，要么就晾着他。要是遇上我，哪能给他在我面前摔门的机会？"

秋茗也不反驳，只是软弱地应和着："陆原也是个好苗子，只不过父母离异，很小的时候就把他丢给外婆。他时常还要在外面打零工，其实挺不容易的。"

"还是秋老师心善。"对方似乎对这个话题本身并不感兴趣，她状似不经意道，"上周组长说要写的教案，秋老师你写完了吗？那个数据库我实在是听不懂，你要是写完了给我参考参考呗。"

秋茗眼底闪过一丝不屑，他怎么会不知道这话的言下之意？所谓"参考参考"的意思就等于想要拿他的来抄，结果可想而知，他们的报告无疑会高度相似。到时候尴尬的只会是年资更浅的自己，谁让对方是"老资格"。

纵然如此，他还是迅速从诸多文件中找到了前天写完的教案，递给对方："我写得不好，还请您多指正呢。"他脸上挂着谦和的笑容。

对方拿过教案后心情大好，也不欲继续和他交谈下去："多谢，那我就不打扰秋老师了，你忙，你忙。"她旋即离开了化学准备室，一刻也不多作停留。

"呼——"秋茗叹了口气，扶着额坐下。他将金丝眼镜摘下，狠狠地扔到一边。教案的截止日期就快到了，他今晚需要重新做一份了。

从学生时代开始，他就是个不起眼的家伙。每个班级都会有那种软弱的、即便被欺负了也不敢告诉任何人的书呆子。他最初就是那样的人。他当然不会告诉他的父亲，那个男人暴躁、酗酒，时常对他使用暴力。他从很小的时候就知道，自己的问题要自己解决，他依靠不了这个男人。

所幸他后来慢慢地学会了如何在一个团体中寻找庇护。他会跟在那些显眼的人身边，为此他可以忍受来自那些人的使唤，起码绝大部分人不敢再来欺负他。很多时候秋茗也觉得自己像只虫子——一只寄生在庞然大物身上的虫子。

他自己什么都不是。

但是没有关系，他时常安慰自己，庞然大物也会死于寄生虫的啃噬。

他厌恶那些显眼的人——优秀的、聪明的、性格张扬的，他通通从内心里感到厌恶。但是在过去人生的很多年中，他不得不仰仗这些人，以获得平稳的生活。所以当他从戴理桦眼中看到来自一个小女生的爱慕时，多年来一直被他压抑着的情绪几乎叫嚣了出来。这个女孩太优秀了，她是他的班长，在整个年级乃至学校都很出名，她成绩好、人缘好、温柔、善良、漂亮，集万千赞誉于一身。但这样的女孩只对他言听计从，他只要运用适当的策略就可以轻易拿捏她。他几乎要被一种近似于报复成功的快感吞没。一直以来，他都活在那些优秀者的阴影下，他们看不起他，觉得他懦弱无能。但是有什么关系呢？如今他已可以轻松掌控他们嘴里"优秀"的人了。

第三章　希波克拉底的四体液学说

　　如果说最初他只是为了满足自己变态的虚荣心，那么后来，与陆原的关系则慢慢超出了他的预料。他也不知道究竟为什么事情会发展到今天这个地步，他更不知道未来应该怎么办。

　　陆原这样的学生，是他最为厌恶的类型。他们自作聪明、桀骜不驯，在陆原的面前，他时常会觉得自己又回到了被霸凌的学生时代。所以，当他意识到这样的孩子竟然也会关注升学的事情时，他有一种终于得逞了的愉悦感。他一步步地引诱他，威胁他就范。高中生到底是高中生，无论他们看上去多么机灵聪明，不够成熟的心理状态却总能被成年人一眼看穿。他太享受这种控制着他们的感觉了。陆原仇视他，骂他是虫子，那又怎么样呢？陆原不会知道，每次他愤懑屈辱却又无能为力的表情都会令自己兴奋得忘乎所以。

　　等他回过神，他已经走在悬崖的边缘上。危险而又刺激。

　　最近戴理桦看他的眼神产生了变化，那个小姑娘心里在想什么又怎么可能瞒过他的眼睛。她此时此刻大约是感到又恶心又害怕吧？可是那又怎么样，她已经身陷"囹圄"，无力抵抗，只消稍稍敲打一下，那个小姑娘就会明白，她是无法逃出他的手掌心的。

　　秋茗不是没有想过，如果有一天事情败露，他会怎么样？他会被开除吧，又或者去坐牢？他偶尔也会感到害怕。但是很快，看着自己的手掌心，他会慢慢地冷静下来。

　　没有关系，他已经不是过去的那个自己了。

　　而他们，没有反抗他的能力。

"我有事跟你说。"戴理桦错身路过陆原，低声说了一句，然后迅速离开。

在过去的几个月中，他们一直如此。两个人突如其来的热络必然会引起不必要的关注，流言如果传到了秋茗的耳朵里，没有人知道他会怎么做。

戴理桦没有等陆原，而是径直通过教学楼的中庭走向了花坛深处的游廊。鲜少有同学会在课间的时候路过这里，游廊的周边种了几棵梨花树，巧妙地遮掩了里面的景象。他们最初也没有故意想要将此作为秘密基地，只是偶尔在此谈话，发现这里非常隐蔽。

游廊尽头的凉亭顶上挂了一口哑钟。戴理桦每每望着它，就容易出神。

不一会儿，陆原就赶了过来。他双手插在口袋里，脸上一副什么都无所谓的模样，但是眉头紧锁着，后牙槽咬得紧紧的。通过这段时间的相处，戴理桦不会不知道这是他情绪几近崩溃的状态。

与秋茗单聊以后他就变成了这副模样，戴理桦不用询问也能猜想到他们的对话是多么令人窒息。

他仔细打量了一会儿戴理桦，然后皱着眉头关心道："你身体不舒服？"

戴理桦因他这句话一惊，感叹于伙伴的敏锐。有这么一瞬间，她甚至想要将自己的事情告诉他，向他寻求帮助，但是她很快克制住了这股冲动。即便告诉陆原也没什么用，他也只不过是个陷在泥潭里的高中生，他能帮她做什么呢？因此她摇了摇头，回答道："没有，可能没休息好。"

陆原点了点头，没有再追问，而是等着她自己开口说叫他过来的目的。

戴理桦斟酌了一下，开口道："我在化学准备室装了摄像头。"

陆原猛地抬起头盯着她，他知道那意味着什么。他的眼神带着侵略性，如果有陌生人经过，甚至会被吓到。但是戴理桦却没有介意，只是静静地等着他平复情绪，然后道："我没有偷看你们的事情。如果你不放心，我可以删除掉。我只想要我自己的画面。"

陆原没有就这个问题和她继续讨论，而是问："你打算做什么？"

轻快的上课铃声响起，所幸下一节是体育课，从教室去体育馆，迟到是常有的事，他们并不急着离开。从教学楼传来的吵闹声渐息，游廊处一时间只能听见幽静的鸟鸣声。

"一个月后，轮到我们班主持升旗仪式。"戴理桦深吸一口气道，"我想当着全校的面揭露他。"

或许是因为情绪太过激动，她觉得一阵恶心，所幸她生生忍住了，并没有在陆原面前表现出异样。

"我想过了，我们或许可以忍过接下来的几个月，进入大学，重新开始生活，然后将这里发生的所有事情都当成一场虚幻的噩梦。但是只要他继续留在这个学校执教一天，就可能会有新的学生受到伤害。他们可能是男孩也可能是女孩，他们会经历和我们一样的事情。但不同的是，他们未必能够找到同伴，未必能够从彼此身上获得些许慰藉。他们或许永远都不会知道，那不是他们的错，从而在惶恐和自我唾弃中度过高中生涯。可是，这样的人生是可以避免的。"这个想法在戴理桦脑海中已经存在很久了，她从来不是个勇敢的人，但是因为某个契机，她希望自己在这件事情上可以稍微勇敢一点点。她不想在未来的某一天，连自己都看不起自己。

"如果你不愿意，我会只播放我的视频，我会避免牵扯到你。陆原，你放心，这只是……我一个人的控诉。"

"我不同意。"陆原几乎是将这句话喊出来的。

戴理桦愣住了。她猜想过陆原的很多种反应，却从来没有想到他会这样坚决地抗拒。其实，她很清楚，如果她作为唯一的受害者站出来，所有的目光、流言都会向她一人涌来。一定有人会质疑她的私德，一定会有人将她曾经爱慕过秋茗的事情拿出来肆意谈论。纵然揭露秋茗罪行的决心已经生根发芽，她却仍是不确定自己是否真的做好了准备。

她不知道同学会怎么看待她，不知道赵萌会不会远离她，不知道爸爸会不会与她断绝父女关系……

很有可能，因为这件事情，她会失去燕都大学的保送名额。

第三章　希波克拉底的四体液学说

她有一百个不去做的理由。

但是只要有一个去做的理由就够了：这是她该做，且她认为正确的事情。

戴理桦不是没有想过说服陆原和她一起站出来，但是她很快就放弃了这个想法。虽然他们都是受害者，但是每个受害者的选择可以是不同的。她不应该将自己的意志强加在他人的身上。

更何况，陆原的处境或许比她更加艰难。

"我不同意。"陆原再次强调了自己的想法。这次，他的声音里没有了之前那些强烈的情绪，却非常干脆。

"为什么？你放心，我绝对不会提到你。我一定会保护你的……"戴理桦有些焦急地辩解。

"我和你不一样，理桦。"陆原打断了她的话。

戴理桦冷静了下来。

"你手上化学比赛奖牌的含金量很高，你已经被保送燕都大学了。其实，就算不保送，以你的成绩想要去燕都大学，并不是什么难事。"

"为……为什么要说这些？"她向后退了一步。

"可是我不一样。我是作为围棋特长生进来的，一年前，升学考试的围棋加分被取消了。我尝试了不少其他的体育项目，但都达不到能够加分的水平。我就是这样，什么事情都做得还行，但什么事情都无法做到优秀。后来秋茗让我进了化学竞赛小组，虽然也拿了奖，但是根本做不到像你一样达到保送的水平。哪怕是拿加分,都要凭运气。"他故意做出一副毫不在乎的表情以掩饰自己的心虚,"你从来没有问过我,为什么会对秋茗言听计从。你就从来不觉得奇怪吗?"

戴理桦仿佛如梦初醒,如果她是因为最初的爱慕心,那么陆原是因为什么呢?她从来没有思考过。

"一直以来,秋茗都在帮我争取升学考试的加分。"他说出这句话的时候语气平淡,"十几分对你而言或许无足轻重,对我而言却至关重要。我厌恶他,我恨他,我希望他马上就去死。但是不可以,我必须仰仗他。如果他完了,理桦,我迄今为止所承受的一切,都是笑话。"

戴理桦时常将他称为"受害者",她一直告诉他"这一切都不是他的过错"。那些话确实带给了他许多慰藉,他只有这样想,才能继续活下去。但是,他也时常会问自己:"受害者?你配吗?"

这难道不是你自己的选择吗?

"我和你不一样,你那么优秀、聪明,你可以轻而易举地得到一切。可我却只是一个连生活费都要自己想办法的高中生。我只有外婆,她一直以为我很优秀,她在等我出人头地。你做的每一个决定,或许都会得到家人的支持,他们会无条件站在你那一边。可我不是,我只希望不要给我外婆添麻烦。"

"所以……"他看着戴理桦,眉头微蹙,嘴唇紧紧地抿着。戴理桦从来没有见过陆原这种表情。

"你可不可以,至少为我想一想?"

第三章　希波克拉底的四体液学说

*

戴理桦并没有回应陆原。

听了他的话，她的情绪落入一种极度动荡的状态。在此之前，她坚定地相信自己做的事情是正确的，她不断地告诉自己，如果自己什么都不做，将会有更多的受害者。她的一切坚决与犹豫都建立在自己的立场上，完全忽略了陆原今后人生的走向。

对于陆原的请求，她只留下一句"我下午请假，先走了"，便以一种近乎逃跑的姿态离开了游廊。

今天是她每三个月一次复诊的日子，自小时候发病起，她就会定期去安汇区中心医院的风湿性免疫科复查。小学时她还会麻烦爸爸带她去复查，只有工作日有风免科的门诊，为此爸爸不得不每隔一段时间就请半日假陪她去医院。很多次，看着爸爸躲在医院的楼梯间接工作电话的时候，戴理桦就感到非常抱歉。

这些，他本来不必承担的。

所以她后来提出自己去医院。起初爸爸并不放心，可是经过几次复诊以后，爸爸发现她完全有能力处理这些事务，便放手让她自己去做了。再后来，有一次他们在餐桌上提及她需要复诊的问题，戴理桦直接告诉爸爸："医生说我已经处于稳定期了，也不需要用药，所以可以不用去复诊了。"说完，她看见了爸爸脸上如释重负的表情。戴理桦边扒着饭边想，爸爸一直以来都把它当作一个麻烦吧。

往日里，她只需要验个血象，再和医生陈述一下最近的身体状况就可以离开了，但是今天有些不同。医生已经给她开了化验单，她还紧紧攥着书包背带没有起身。

"还有什么问题吗？"对方是个三十来岁的女医师，口罩遮住了她的大半张脸，但是从眼睛却可以看出她是个和善的人。

戴理桦咬了咬下嘴唇，最终鼓起勇气道："大夫，能不能再给我开个检查？我怀疑我可能是怀孕了。"

她的脸稚气未脱，却偏偏努力让自己的语气听上去像是一个冷静的成年人。

医生沉默了一下，在电脑上点了几下："我给你添加了HCG[1]和孕酮的检查，一会儿验血的时候一起做了。"

戴理桦抿嘴，低声道："谢谢。"然后她起身想要走。

"小姑娘，"那个女大夫却从身后叫住她，"如果可以的话，还是和家里人说一下吧。没有什么比身体更重要的，对不对？"

不知道为什么，戴理桦听了这话眼眶红了。她讷讷地点了点头，然后带着书包离开了诊室。

为了保护患者隐私，安汇区中心医院的报告是可以自主领取的，患者只需要在报告查询打印机上输入身份证号、密码，并进行指纹认证就可以打印报告。

她做完检查后呆坐在查询机旁的座位上等结果。每隔十几

---

[1] 人绒毛膜促性腺激素。

分钟，她就会跑去查询一次，如此进行着机械性的操作却不知疲惫，好像只有这样才能稍稍缓解她内心的焦虑。

她脑海中不停重播着陆原对她说"你可不可以，至少为我想一想"时的表情。此时此刻，她依然不知道怎么做才是正确的。她在医院的走廊上度过了人生迄今为止最难熬的两个小时，从中午等到了下午两点半，直到查询机在再一次验证了她的身份信息后吐出了两张检查单。

她拿起检查单，心跳快得手都在抖。

可是，当她看见报告上的数据时，整个人就像被人从头顶浇下一盆凉水。如果说她之前还抱有着一丝侥幸，那么此刻，现实将她的侥幸冲击得荡然无存。

她的目光还落在报告上，脚步却虚浮地向前走。她听不到医院里嘈杂的声音，只觉得耳朵里的嗡鸣声响极了。

就在这时，戴理桦感到有人撞了她的肩膀，她手中的检查报告和病历撒了一地。

她努力定了定神，才发现不小心撞到她的是一个年轻的姑娘，对方手里拉着行李箱，很匆忙的样子。对方的手机也飞出了很远，却优先来扶她："真的不好意思，对不起，对不起！是我太急了。撞疼你了吧？"

戴理桦帮那女孩捡起手机，却发现屏幕被摔了个稀碎，她的心已经凉了半截："你的手机……"

对方接过手机后表情一僵，但是很快便宽慰她道："本来就要换了。"

有路人看见了，自发跑过来帮她们捡起散落一地的病历和化验单。那人穿着西装拎着公文包，捡起纸来也并不方便。他将那些纸整理了一下，递给戴理桦："你还好吧？"

戴理桦下意识想要回答"没事"，却听见对方继续道："我只是觉得，你这个表情像是快要哭了。"

医院的玻璃反射出戴理桦的身影，她抬头看见那里头的自己，眉头微蹙，嘴唇紧紧地抿着，那是今天上午她在陆原脸上看到的表情。

原来如此，他在拜托她"为他想一想"的时候，内心也像她现在这么绝望吗？

几乎在一瞬间，仿佛有什么东西为她做好了决定。

她没有带着化验单去找医生。

她打开手机找到陆原的电话拨了出去，转身朝医院外跑去。

三

姜雪飞从惊厥中恢复过来后，花了十几分钟才开始慢慢地能够控制自己的身体。她努力地支起身，发现自己刚才整个人都坐在了厕所隔间的地上，而头则靠在一个盖着盖子的马桶上。

裤子上温热而潮湿的触感在提醒她一个不容忽略的事实：她

在这次大发作中失禁了。这条西装裤是她昨天晚上才熨烫好的,现在,米白色的布料让尿迹的颜色显露无遗。

她知道,一切都结束了。

她不可能,也没有办法穿着这身衣服去参加年会。

她知道自己可以尝试询问会务组是否可以借她一条多余的裤子。

但她不愿意。

让陌生人知道她因为癫痫发作而失禁,比让她死更难受。

姜雪飞扶着墙壁慢慢站了起来,双腿还有一点儿打战,不过已经勉强可以支撑了。她以为自己在这种情况下会崩溃,会失声痛哭,可是她都没有。此时此刻她的内心里只有麻木与荒芜,以及一种"果然如此"的感叹。

癫痫是她从小就有的毛病,为此她休学过好几次。不仅仅是因为随时随地的发作会威胁到她的生命,还因为她不知道如何与同学们惊恐、探究、惋惜的眼神朝夕相处。

时至今日,姜雪飞仍清晰地记得读小学时,她第一次在教室里发作时她彼时最好的朋友撕心裂肺的哭声。那个扎着羊角辫的女孩一边抹着鼻涕,一边含混不清地想要向周围人证明:"我没有碰她!我不知道怎么回事!她突然就这样了!"

这当然不是那个小女孩的错。姜雪飞甚至因为自己给那个女孩的童年带去了如此糟糕的回忆而深感抱歉。

毕竟,归根结底,这是她自己的问题。

她才是那颗游走的定时炸弹。

所幸青春期后大发作的频率越来越低,她上高中以后就再也没有出现过惊厥的症状。她只需要每半年去医院复诊一次,而且每次复诊的结果都非常乐观。这使她的家人们仿佛都忘了在她的身上还埋着这样一颗炸弹。

可是她没忘。

她时刻警惕着这颗炸弹,也坚信它将会在某个时刻爆炸,并给她致命一击。

今天早上来政法大学的路上她就有一种不好的感觉。那是似曾相识的大发作前的感觉,就好像在梦境里一样。这是她小时候常有的发作前的征兆。她的主治医师也曾向她解释过,那或许是她海马体附近放电异常导致的。

但是,已经有近十年没有发作过了,这令她自己都抱有一种侥幸心理——或许真的只是似曾相识,或许这些场景真的在梦里出现过。

今天的年会是她可遇不可求的机会,她还要在茶歇的时候跟想要报考的博士生导师交流。所以,她强压着内心的不安进了校园。可是当她到达会场所在的教学楼时,那种似曾相识感越来越强烈,心跳也不由自主地加快,一种酥麻感慢慢从左手手心开始向上蔓延。

望着人头攒动的会场,她拼尽全身的力气才找到了附近的卫生间,并将自己反锁在一个隔间内。她感觉到嘴角开始不受控制地抽动。

然后她就失去了意识。

眼下,她的手机忽然响了。她在包里翻找了一会儿,最终找到了被她胡乱放在夹层里的电话。是母亲打来的:"喂,妈妈。"

"我刚才给你打电话怎么不接啊?"

"可能……手机静音了。"

"哦。"

"怎么了吗?"

"我就是提醒你,晚上不要忘记相亲的事。地址我已经发给你了。人家小伙子还挺积极的,还问你喜欢吃什么。你不要蔫耷耷的,知道吗!"

"妈妈。"

"干吗?"

"我今天晚上可以不去吗?"姜雪飞低头看着自己湿掉的西装裤问道。

"你搞嘞!之前不都说好了吗?我都跟人家讲好了,怎么可以临时说不去就不去啊?太不礼貌了。"

面对这样的责问,姜雪飞无言以对。她从小受到的教育让她从心底认同毫无理由地突然爽约是很不尊重他人的行为。只是……她沉默了一会儿,声音渐渐冷了下来:"可是,妈妈,你觉得我这个样子,真的适合结婚吗?"

这句话仿佛是她们母女间的密语,根本不需要赘言,妈妈就能明白她意有所指。姜太太这一次没有急着回答，她沉沉地叹了口气："也没有让你现在就结婚。不就是认识一下吗？再说了，你周末去医院复查，医生不是也说那么多年没有复发过了，不会有什么大问题了吗？"

"你把我的病史跟今天要见面的男方说过吗？"

这个问题让姜太太一时噎住了，良久，她才悻悻答道："一开始肯定不能说的，等相处时间长了，有感情了……"

"那是在浪费两个人的时间。"

"人谈恋爱又不是只看这些！也是要看感情的……"

姜雪飞站在这个窄小的隔间里，与母亲进行着这样的对话，忽然觉得非常无力。即便是妈妈，也很难明白，她的人生从第一次大发作开始就已经被重构了，后来人生中所有瑰丽的建筑都建立在那个岌岌可危的地基之上。

那个地基的名字，叫癫痫。

姜太太发现姜雪飞不再争辩，以为她多少是被说动了，因而劝诫道："别多想。你的人生才刚刚开始，不能被永远禁锢着而不往前看。"

"我知道了。"直到最后，千言万语化成了这句话。

"行，那你到时候准时去，别让人家等了。"

挂掉电话，姜雪飞用手机查了一下回宿舍的路线。她不可能就这样去相亲，更何况时间还早。她也不想叫网约车或者出租车，那会弄脏司机师傅的坐垫。更重要的是，她不想看到他们拒绝的眼神或者猜忌的目光。

所幸,她找到了政法大学门口的一条公交车线路,直达校巴在海港新区有站点。比坐地铁还要快上许多。

打定了主意,姜雪飞脱下了西装外套,将它系在了腰上,尽可能地遮掩着她的尊严。

然后,她打开隔间的门,头也不回地离开了政法大学。

她让自己抬着头,脚步如风,像一只走在泥泞中却依然昂首的白鹤。此时的姜雪飞只想回到宿舍,换下衣服,洗一把热水澡。然而,当她站在海港新城车站前,看着那张校巴停运的告示时,她忽然想要在这个陌生的车站大哭一场。

癫痫发作的时候她没有想哭。

放弃年会的时候她没有想哭。

可偏偏,此时此刻,积攒了一路的情绪一起找上了她。

"你还好吗?"一辆车停在她跟前,车窗缓缓放下,里面是一张青年男人的脸庞,戴着一副眼镜,看上去很是斯文,"你这个表情像是快要哭了。"

姜雪飞连忙摆手:"没事。谢谢,我没事。"她第一反应是用包挡住自己的裤子,但那人却先她一步发现了这异样。他的眼神中并没有闪现出错愕,没有探究,没有嫌弃,没有任何姜雪飞想象中的表情。他只是问道:"要我送你一段吗?"

姜雪飞有些意外。她一时不知该如何回应来自陌生人的好意。

"不用担心,我的坐垫是可拆洗的。不费事。"那个男人像是知道她的忧虑，微笑着说道。

这样的邀请，对此时此刻的姜雪飞无疑有着巨大的吸引力。

她踌躇再三，终于拉开了车门："不好意思，麻烦你了。"

车子发动了。男人的嘴角挂着笑意，他仿佛比之前更加高兴了。

他已经跟了姜雪飞四天，却迟迟没有找到和她接触的机会。这是他目前为止随访时间最长的病患了。本以为今天也是无功而返的一天，可最后还是让他等到了。

我会给你该有的治疗，让你彻底摆脱疾痛的折磨。

"没关系，举手之劳。"

四

昨天向肖恩做完简报后，何满满让柚子早点回家休息，说实习生没有加班的道理，所以今天一早柚子说得上神清气爽。他走进自调科，却发现肖恩和何满满早就已经在那里了。

"早呀，小徒弟。"两个人友好地异口同声对他招呼道。

柚子觉得肖恩前辈是真没把自己当外人。

他走到自己的工位放下双肩包，对肖恩道："肖恩前辈，你不是排查'雕塑师'去了吗？这么快就找到了？"

"这倒没有，只不过昨天查出了点东西，我觉得应该让你们知道一下。"他手里拿着工作用的平板,道,"基于满满的推断,我们去了安汇区中心医院,并且找到了那天为戴理桦看病的医生。那个医生叫张子钰,32岁,女性,现在是住院医师。她对戴理桦印象很深刻。"

何满满对此有些意外:"哦?她还记得戴理桦?那最近有关'大丽花案'的报道铺天盖地,怎么也没见她主动到你们重刑科提供线索?"

肖恩倒不以为意:"这样的事情也是时有发生的。有些人并不希望被牵扯到刑事案件当中,生怕被当成嫌疑人。"

何满满认为他说得有理:"不过,一个大夫一个上午要看几十个病人,她竟然会对一周多前的戴理桦印象深刻,一定有什么特别的原因吧?"

"据张大夫说,看完诊以后戴理桦神情很窘迫,半天才跟她提出要求,问她能不能帮着开个检查,她怀疑自己可能是怀孕了。"

何满满张了张嘴,有些惊讶,那个检查竟然是戴理桦主动要求的,但是她并没有打断肖恩的话。

"'她明明还是个孩子,穿着校服,但是却努力装作很成熟的样子。或许在这件事情上,她并没有可以求助的人吧?'"肖恩放下写在平板上的记录,"张大夫是这么说的。"

"OK,很有价值的线索。"何满满打了个响指,"现在已经找到了直接的证据,证明那天下午戴理桦确实去了医院。"

"是这样,没错。"肖恩收起了手中的平板,柚子这时才注意到他手臂上披着风衣，很明显是要出外勤的样子，"消息分享完毕。我们也要去做排查了。祝你们调查顺利。"说完，肖恩朝他们挥了挥手，毫不拖泥带水地离开了自调科。

而此时阿坤居然破天荒地准点跑来上班了，他献宝似的将一层薄薄的硅胶交给何满满，嘴上还不忘炫耀一番："我那个哥们儿可厉害了，就没有他开不了的电子锁。工艺绝对一流！"

何满满昨天晚上让阿坤帮忙去做一个硅胶指纹膜。

她捏起那层硅胶在灯光底下端详了一下，露出了一个满意的笑容："果然是行家啊！"

柚子虽然不大明白，但是深觉私自做指纹膜，实在有点儿像是违法犯罪的勾当："为什么要做这个？"

何满满小心翼翼地将硅胶指纹膜收了起来："去证实我们的猜想啊。"

"我们的什么猜想？"

"你不是觉得'雕塑师'的分尸行为归根结底是因为戴理桦怀孕了吗？"

"可是刚才肖恩前辈不是已经证实了吗？"柚子不解。

"那只是本位世界。那么在其他世界里呢？"她开心地挥了挥手中新获得的工具，"这就要我们亲自去证实一下啊！"

很快他们便站在一个平行世界的安汇区中心医院的报告查询打印机前，柚子看着何满满飞快地输入一串身份证号以及密码，随后将那层膜的反面贴在食指上，轻轻地放在指纹认证器上。

其操作之娴熟令人叹为观止。

何满满在机器上浏览了好一会儿,随后打印了一打报告。柚子站在旁边道:"其实,你为什么不让肖恩帮你?"

"帮我什么?"何满满边埋头翻看着报告边道,"本位世界的那些报告交给肖恩是没问题,但是我们来平行调查,难道要跑到这里找这个世界的肖恩吗?对他说,您好,我们是您另一个世界的同事,现在正在调查'大丽花案',希望您配合我们?"何满满学着重刑科警察说话的样子,旋即被自己逗笑了。

柚子忍无可忍:"我是说倒模的事情!"

"哦,他们可以申请查看戴理桦的指纹信息,但是不能随意使用的。重刑科就这点儿麻烦,指纹膜都要写报告说用处,要不说他们工作量大呢!可是你让他们怎么写啊?医院数据他们只要一句话就能调,根本没别的地方用得上。反正阿坤门道多,这种小事就让他去办嘛!否则他太闲了,又要变着法子欺负豆芽菜了。"

柚子觉得自己被说服了。

何满满拿出了其中一张报告,笑盈盈道:"我找到了关键信息。"

柚子定睛一看,上面是孕酮的检查,而且参数显示检查人已经怀孕了:"所以这个世界的戴理桦也怀孕了?"

"没错。"何满满拿出了另一张血液报告,"医生当天还给她开了血常规。他们医院的报告查询机可以保留一年的报告,里面除了最近的一张,还有三份血常规报告,均相隔三个月。"

柚子提出了他一直以来的困惑："所以她每学期要请一两次假就是为了复查，而不是去见什么人……可是她为什么不跟自己的同学说实话呢？看上去那个叫赵萌的女生应该和她的关系还不错。"

"人们不愿意在他人面前提及自己的疾病有各种各样的原因，可能是因为害怕被歧视，可能是因为他们迫切地需要回归正常生活，可能是因为即便和别人谈论了也不会令自己的疾病产生任何变化……又或是仅仅因为，疾病的经验太过可怕，让他们害怕谈论起疾病本身。"

何满满说的这些话是柚子之前从来没有考虑到的。他大学期间学的是人类学，一直以来，他都认为他对人类的了解远胜于一般人。但是这些日子跟着何满满工作，他发现自己对人类的了解远远不够。对何满满来说，"人类"从来不是一个庞大的整体，而是一个个复杂多样的个体。

他想起前天下班以后，他和小楠婆婆在无人的办公室里闲聊。他问："自调科的每个人都有自己擅长的地方，何满满的长处是什么？"

小楠婆婆笑眯眯地回答他："哪有什么长处？大家都只不过是勤勤恳恳打工的普通人罢了。"

"不过满满倒是有一个与众不同的地方。"小楠婆婆补充道，"这虽然不是长处，但算是一种很珍贵的特质：满满比一般人更加能够产生同理心。"

第三章　希波克拉底的四体液学说

"同理心？"

"是的，empathy，移情作用，共情，随便你们怎么称呼它。她似乎非常擅长体会别人的处境，并推测出他人的心态。最初，我发现她只不过是个容易谅解别人的姑娘，但后来发现那是她的同理心在作祟。当然，也正因为这种特质，她非常擅长通过过去推断个人的心理，无论那个人是无辜的受害者，还是心狠手辣的连环杀手。所以，"小楠婆婆总结道，"没有人比何满满更适合自调科。"

眼下，柚子似乎有些明白小楠婆婆的意思了。

何满满将搜集到的化验单叠好："检查单是风免科的医生开的，结合陆原曾提到的戴理桦不能长时间受到太阳照射，有类似特征的疾病有很多，但是比较常见的……或许是红斑狼疮？"

柚子不是没有听说过这种疾病，但是由于离他太过遥远，他实在难以在脑海中勾勒出一幅完整的图景："这种病，治得好吗？"

"这种病发作起来会很凶险，如果治疗不及时或者患者自身状态不好，很有可能导致死亡。它可能导致的并发症也非常多。不过，以现在的医学技术，如果积极地配合治疗，是可能使症状完全消失的，病人甚至可以停药。但是患者却会因为各种各样的原因复发，其中的诱因并不明确，紫外线的照射、海鲜、化学制品甚至是劳累都可能使患者重新面临生死攸关的境地。因此，患者不得不时刻担忧自己的身体，他们终其一生都要活在它的阴影下。"

"就像达摩克利斯之剑。"

"是的,就像达摩克利斯之剑。"对话的气氛忽然凝重了起来。事实上,这样的疾病一直存在于人类社会的某个角落,但是很长一段时间,健康的身体形成了一道屏障,使人们无须正视它。只有当屏障被击碎的时候,人们才会发现角落里鲜血淋漓的现实。

何满满抬手看了一眼检测器,确认这个世界的异化值:1.139+。

"柚子,一会儿回去的时候记得第一时间记录各个世界的调查结果,异化值一栏千万不要写错。与本位世界一样,在这里戴理桦也怀孕了。接下来,我去图书馆确认她的死亡方式。"

还不等她行动,她就被柚子拽住了:"那个……我觉得我们可能不需要去图书馆了。"他指向医院公共区域偌大的液晶屏电视,上面正播放着时下的社会新闻,而戴理桦被人在桥墩处发现的画面就这样毫无征兆地映入两人眼帘。虽然被打了码,每每看到还是会令人感到不适。

新闻通稿中"分尸"的字样也赫然在目。

这似乎在印证柚子的推测。

"其实我一直有个疑问。"柚子道,"虽然因为线索的指向,我会自然而然地将分尸行为与戴理桦怀孕相关联。但是仔细想想,这两者之间究竟有什么关联性呢?特别是对'雕塑师'而言,就算他知道戴理桦怀孕了,但他为什么要分尸,还做出摘除子宫这样极富性暗示的行为呢?"

第三章　希波克拉底的四体液学说

何满满回答得比较谨慎："其实我作为一名文科生，对医学的认知非常有限，不过昨天在查看资料的时候意外发现了一个有意思的医学事实：女性患者虽然不会因为红斑狼疮影响到生育能力，但是她们在妊娠初期容易流产，且在妊娠后期容易复发。所以生育对戴理桦这样的患者而言是巨大的灾难。"

柚子试图学着何满满带入"雕塑师"的视角："所以，如果基于'放血''治愈'的那套逻辑，这个'雕塑师'是希望帮助她终止妊娠？所以才会出现我们看到的被分尸、子宫被摘除这样极具冲击力的画面？"

"这只是我的推断，不一定准确。事实究竟是怎么样的，还是需要解开所有的谜题才能知道。"何满满思索了一下，"我们应该再去趟1.776+世界，收集那里的医院报告。"

"可是1.776+世界的新闻里不是说尸检时发现戴理桦已经怀孕吗？"

"尽管如此，可是她还是被'雕塑师'以传统的手法杀害了。"

"这……说明了什么？"柚子不解。

"这说明重要的不是戴理桦怀孕的事实，而是'雕塑师'究竟是如何得知这一事实的。"

柚子恍然大悟："你是说……因为这份检查报告？"

何满满太喜欢和自己的小徒弟交流了，他听话懂事，关键还沟通无障碍，一点就透："Bingo！我记得盒子之前说，因为赶去住院部见爷爷，她不小心和某个人撞在了一起。鉴于1.2114＋世界的受害者为盒子这一事实，我想她与戴理桦应该是在医院有过短暂的接触，而'雕塑师'又恰恰在这个时间点路过。那天盒子刚下飞机就拖着行李直奔住院部，理应不会在其他的地方多耽搁。我能想到的她与戴理桦之间可能的交集，只有这个了。"

"原来如此。"柚子想了想，"不过说到底，这也只不过是一个推测，我们现在也没有办法证实了，毕竟'司命'系统不能令时间回溯。或许撞到何雪晴的另有其人呢？"

"当然不排除这种可能，但最重要的是，在某一时间点，戴理桦、盒子与'雕塑师'会聚到了一处，而正是因为这一个时刻，'雕塑师'注意到了盒子的脸或是戴理桦身上的某种疾病特征。而如果因为某些环境或者选择的变化，导致这个时刻不存在，那么很有可能，无论是戴理桦还是盒子都不会死……"讲到这里何满满忽然停了下来，思考了两秒，忽然道，"想要证实盒子撞到的人是不是戴理桦，似乎……也不是没可能……"

"要去问本位世界的盒子吗？"

"不，我想即便是问了盒子也未必会有结果，据她的描述，那个时候她非常混乱，未必看清了对方的长相，连性别都未必注意到。"

"那……还有什么办法？"

"其实也简单，我们只需去1.2114＋的世界查看作为受害者的盒子的手机屏幕是否碎裂，以及在那些没有受害者的世界里，盒子的手机是否完好无损。"

柚子几乎要为这个方法拍手叫好。

"我们今天还有很多世界要跑,尽量赶在肖恩他们筛选出'雕塑师'之前调查出眉目来。"何满满拍了拍柚子的肩膀,"走吧少年郎!在不接触盒子的前提下远远地看一眼当事人的手机屏幕,应该不是什么难事。"

*

世界异化值:1.357+

经过了一天的调查,现在已经是夕阳西下的时候,理论上应该是人最疲惫的时间段,但柚子发现他的这位小师父却如同打了鸡血一样,两眼充满亢奋。

迄今为止的调查过程都非常顺利,所有的证据都在印证他们的猜想。

在1.776+,也就是戴理桦被"雕塑师"以惯用手法杀害的世界里,医院中只能打印出她的血常规检查结果,却没有孕酮的检查报告。为保险起见,他们还前往了1.791+、1.8713+等七个世界,结果与1.776+世界的一样。而在三个无被害者出现的1.1996+、1.2127+以及1.296+世界里,他们确实依照何雪晴在本位世界所提供的地址找到了她,并确认她的手机屏幕没有丝毫碎裂的痕迹。而在1.2114＋，即那个何雪晴被杀害的世界里，他们在一条不起眼的新闻中找到了受害者遗物的照片，正如何满满所料，手机屏幕碎裂，几乎没有一块完整的地方。

因此，何雪晴当时撞到的人正是戴理桦这条推断基本成立了。而"雕塑师"正是在这一偶然的时刻，寻觅到了他的新"猎物"。

眼下，为了调查的严谨性，何满满建议对之前从未涉足过的1.3～1.7之间的世界进行验证调查。依照现在所掌握的线索，在戴理桦遇害的世界里，如若医院记录中没有她的孕酮检验报告，则意味着她死于放血，反之则意味着她死于分尸。

他们这次被传送的位置距离市立图书馆比较近，因而便优先前往电子阅览室确认这个世界的新闻。何满满搜索了关键词"戴理桦"，很快跳出来了"大丽花案"相关的词条。

显然，这个世界的"雕塑师"也选择了分尸。

在赶去安汇区中心医院时，何满满愉快地伸了一个懒腰，对柚子道："我觉得再跑一两个世界，如果没有出现什么问题的话，我们就结案吧！"说罢她略有些不好意思道："抱歉啊，这两天是最忙的，你刚来就让你经历这些。我向你保证，等这件事了了，一定给你放假，让你回家躺平。"

柚子轻笑了一声，觉得何满满认真画饼的样子非常有趣。

他们来到医院时，门诊已经快要关门了，前来就医的病人正在陆陆续续往外走，再过半个小时，这座白天熙熙攘攘得好像永不会宁静下来的建筑，便会迎来属于它的沉寂。

在走向报告查询打印机的路上，何满满已经掏出阿坤做的那层薄膜贴好，语气轻快地侧头对柚子道："肚子饿了，回去以后去'阿元'吃卤肉饭？"

柚子疯狂点头："我还要茉香奶茶！"

"可以，可以！搞起来！搞起来！"

此时的柚子根本没有意识到，在短短一分钟以后，他们一天的好心情将会荡然无存，而原本想用来犒劳自己的奶茶，最终成了麻醉苦难的良药。

这个晚上，他们在"阿元"一杯接着一杯地喝着各种口味的奶茶，百思不得其解。他们直面这微妙的人生，唾骂这不公的世道，感叹这看不透的案子。直到最后老板白哥都看不下去了，拒绝继续向他们提供奶茶："干吗呢？海喝？给你俩喝出糖尿病咯。"

这使得何满满震惊地发现，这家台式小吃店的老板竟然是个天津人。

当然，这些都是后话。

眼下何满满正在输入戴理桦的身份证号和密码，然后将贴着指纹膜的手指覆上认证区。

报告吐了出来，柚子发现何满满的表情肉眼可见地凝固了。她不可置信地盯着报告看了半晌，仿佛在反复确认什么，然后又不死心地在打印机的屏幕上查找。

然而，一无所获。

柚子顿时沉不住气了，凑近一看，发现报告上只有血常规，没有孕酮指标。

打印机屏幕里显示，最近一段时间也没有其他检查报告了。

可是这个世界的戴理桦，分明和本位世界一样，被"雕塑师"从腰部分割开来，放置在了下城区吴淞河桥的桥墩处。

何满满和柚子对看了一眼。

只一瞬间，他们就在对方的目光中读到了绝望。

这意味着，对于戴理桦被分尸的真正原因，他们看似触及了一切的源头，实则却是虚幻的假象。

五

世界异化值：1.473＋

他们被传送到市第四中学附近时已是下午4点。

此时，无论是何满满还是柚子都一副如丧考妣的模样。

他们原本以为调查在昨天已经接近尾声了，万万没想到杀出了一个异化值1.357＋的世界。然而，当时医院已临近关门，这意味着纵然有千百个疑问，他们也无法继续进行平行调查。

毕竟"司命"系统不能回溯时间，只能做平行调查。

"往好了想，起码我们有非常充足的理由不加班。"何满满如此宽慰柚子道。

于是两人就跑去了自调科楼下的"阿元",喝了一宿奶茶"买醉"。

等到公立医院门诊开放的时间,两人一秒都不愿意多浪费,连滚带爬又冲回了操作室,强行要求楚老师送他们去做平行调查。

"我说,有小徒弟就是不一样啊?拼死自己也要耗死徒弟啊?"楚老师睡眼惺忪,但还是从善如流地按照他们的要求,将他们送到了指定的世界。

然而调查的结果却不尽如人意,他们很快发现在1.357+世界看到的现象并非个例。柚子翻看着随身携带的记录,道:"在异化值1.4092+和1.446+的世界里,戴理桦遗体被发现时也被拦腰截断,且在这些世界里都没有孕酮或者HCG等项目的检查报告。"这意味着何满满之前推断的,"雕塑师"是在那场冲撞中无意间看到了检查报告才导致的分尸行为一说无法成立。

"可是我们确实又已经验证了那场冲撞是这三人交会,且'雕塑师'寻得'猎物'的契机。如果不是检查报告,他又是怎么得知这件事的呢?"市四中旁边有不少便民的长椅,何满满坐在上面盯着柚子的笔记本抓耳挠腮,丸子头已经被她挠成了狮子头。

"师父,别薅了,要秃了!"柚子觉得自己作为徒弟非常有必要提醒她,"往好了想,无论我们有没有调查出结果,起码肖恩还是会管我们三年奶茶的。"

何满满手上的动作停住了,她抬起头,目光呆滞地看向了远处。

柚子本以为是自己的宽慰起了作用，但是顺着何满满的目光望去，他很快就明白究竟是什么吸引了她的注意力。

　　临近放学的时间点，学生三三两两地从学校里面走出来。而在人群里，他看到了那个无比熟悉却又陌生的身影——戴理桦。她的状态很不好，心事重重的样子，背着双肩包往前走，不一会儿就消失在了地铁站的入口处。

　　"看来这个世界的戴理桦没有遇害。要么没有受害者，要么受害者是何雪晴。"柚子推断道。再见到活着的戴理桦，柚子已经能够维持情绪的稳定了。何满满曾经对他说过，每次在平行调查中看到调查对象还活着，内心很难不被触动，但是这种触动会随着时间的推移逐渐减弱，如今柚子也深有体会。他问道："我们还去医院查她的报告吗？"

　　然而，他发现何满满的目光依然注视着戴理桦消失的方向，皱着眉头像是在自言自语："为什么每次见到她，她好像都是心事重重的样子？她究竟在担心什么？"

　　接着，她忽然像是想到什么似的，翻看起柚子的笔记本，并在里面圈圈画画，过了好一会儿才猛地抬起头："我知道了！"

　　柚子还没有跟上节奏，何满满便自顾自地说了下去："我想我们的推断应该并没有错，'雕塑师'确实是在那一次意外的撞击中注意到了盒子与戴理桦。只是有一点我们错了，他获取戴理桦怀孕这则信息的途径，或许并非来自她的化验报告。"她摊开笔记本，让它面向柚子，上面是他们前往过的几个世界的异化值：

1.139 +

1.162 +

1.198 +

…………

1.357 +

1.4092 +

1.446 +

"你有发现什么规律吗？"何满满向他提出这个问题的时候，柚子有一瞬间想起了被高中老师抽起来背书的恐惧。他拼尽全力飞速运转大脑，最后只憋出一句："嗯……我们后来去的几个世界异化值相对较大？"

他知道这几乎是一句废话，如果放到高中时代他大概率会被安排去罚站。然而出乎意料的，何满满却很满意他的回答："没错！"她雀跃地在1.357+上面画了根线，将这些数据分成了两部分。

"其实仔细看，就会发现它们似乎遵循着某种规律，异化值偏小的世界做过相关检查，异化值偏大的世界则没有。如果将'检查'作为重要节点A，那么如果在重要节点A产生了和本位世界的相同经历，无论后面的选择或经历的事件有多少不同，异化值都不会大于在重要节点A作了不同选择的世界。"何满满接着说道，"我之前也在思考，如果在重要节点A作不同的选择，戴理桦会做什么呢？"

她眼睛里带着光："直到我刚才看到戴理桦的状态，才想起肖恩昨天早上和我们分享的消息。"

柚子这才想起昨天早上肖恩在出外勤前，特地在自调科停留时跟他们分享的调查结果："你是说……"

"没错！她和张大夫的对话！我忽然意识到了一个问题：戴理桦是主动要求检测的。换言之，她对自己的身体状况或许是有数的。而在我们所看到的这些戴理桦被分尸却没有检查报告的世界里，戴理桦应该在这个重要节点 A 作出了不同的选择，比如使用验孕棒。此时的她应该和本位世界一样，因为某个事件怀疑自己怀孕，只不过她选择了不同的检验手段。"

"可是……可是要如何解释比 1.776＋异化程度更高的世界？在那些世界里，戴理桦是被放血致死的，且她也没有检查报告。"

"那是'司命'系统的运行规律导致的。按照时间作为第一影响顺位的规则，在重要节点 A 之前，存在着某个更重要的节点 B，正是这个时间节点的存在，导致它们成为异化值较大的世界，同时直接影响到了'雕塑师'的手法。"

柚子已经听得大脑快要冒烟了。他皱着眉头，努力假装自己一直在跟着何满满的节奏，但是事实上脑海里全都是"她在说什么？""我看上去像在认真听讲吗？""她会不会看出来了我没跟上？""眼镜蛇咬到自己的舌头会死亡吗？"……

他只能假装自己听懂了的样子："原来如此。"

"理论上，在这个重要的节点 B 之后，在节点 A，她可以选择去做检查，也可以选择不做。但是我们可以发现，在 1.776＋以后的这些世界，也就是戴理桦被放血致死的这些世界里，没有一个世界的戴理桦选择了做检查。这意味着，节点 A 因为节点 B 的变化而消失了。"

这句柚子听懂了："也就是说……"

"起码，在异化值比 1.776＋大的世界里，戴理桦都不知道自己怀孕的事实。"

这句话听上去平平无奇，但当柚子逐步察觉其背后的意义时，却忽然不寒而栗。

因为这意味着……

"导致'雕塑师'的手法改变的，并不是别人，而是戴理桦本人。"

何满满用肯定的语气陈述着这一事实。

过了半晌，柚子才慢慢回过神来："可是……为什么？作为被害者，她究竟为什么要这么做？"

何满满回想起陆原打给她的那通电话，眼神晦暗。那个孩子在电话那头努力克制着自己的情绪，为了自己死去的伙伴，将他极力隐藏起来的伤痕揭露在阳光下。

"有些人即便自己身陷囹圄，却还是想着要帮助别人挣扎出泥潭吧。"她吸了口气，向柚子拜托道，"就把我们昨天的猜想告诉肖恩吧。"

"你是说……"

"'雕塑师'是因为那场撞击无意间看见了戴理桦的检查报告，所以才有了后来的分尸行为。"这个假说，对重刑科而言足够了。

"我明白了。"柚子郑重地回答道。

事实上，如果没有陆原的那通电话，何满满或许永远也无法想明白"'雕塑师'的手法为什么发生了改变"这个问题。

她选择将这个秘密隐藏下来。

如果这是戴理桦的选择。

她选择尊重她的选择。

六

世界异化值：1.357 +

他看着躺在床上的女孩，十几岁花一样的年纪。如果没有被疾病所困，她的人生应该刚刚开始。

垂在床外的左手手肘正滴滴答答地淌着血。暗红色的血液滴入床下的铁桶当中。他需要时刻关注，避免伤口愈合。

下午在医院里，他远远地就看到了这个女孩。她手里拿着病历，眉头紧锁，忧思很重的样子。这不是一个少女该有的表情。她们应该像娇花一样，无忧无虑地开放。

第三章 希波克拉底的四体液学说

紧接着,一个拖着行李箱的姑娘和她撞到了一起,这女孩手中的病历散落一地。

他下意识地帮她去捡。却在病历上看到了"红斑狼疮"这几个再熟悉不过的字,顿时觉得浑身发凉。它们就像是魔咒一样深深刻在他的骨髓里,令他不得安宁。即便这么多年过去了,他依然时不时地会在梦中看见"她"睁着眼睛,在床上咽了气的模样。

他喜欢梦到"她",却因为每次在梦中见到"她"这般骇人的模样而难过。

明明"她"很温柔,他们之间有许许多多温馨的回忆。

他的耳畔出现了嗡鸣,就像之前很多次一样。他感到头昏眼花,但还是努力站起身,将捡到的病历递给了那个女孩:"你还好吧?"

那个女孩似乎想要张口,却没有发出声音,她不知道她的眼眶已经红了。

他忙道:"我只是觉得,你这个表情像是快要哭了。"

那女孩下意识地看向玻璃中倒映出的自己的身影,然后像是意识到了什么,掏出手机试图拨通电话,急急忙忙地朝医院外跑去。

"不能让她就这么走掉。"

他的耳鸣声越来越大。

"这一次,我应该救她。我明明可以救她。"

等他的耳鸣声彻底散去,这个不知名的女孩已经被他带到了这里。他已经给她注射了麻醉药,割开了她的静脉。他坐在房间另一头的椅子上，默默地等待着治疗的结果。

床下的铁桶已经盛了一半的血。

快了，只要放满一桶，治疗就可以结束了。

床上的女孩慢慢睁开了眼睛。

那个女孩长长的睫毛扇动了几下，是意识正在慢慢回拢的迹象。她试图活动身体，但浑身强烈的无力感令她什么都做不了。

他坐到床头，关切地问道："怎么样？很不舒服吗？"

他看见恐惧的情绪一点点地在女孩干净的眼眸中聚拢。

戴理桦看到了自己流淌着鲜血的手肘，以及床下的铁桶。她只感到眩晕发冷，眼前的那个男子在几个小时前还文质彬彬地帮她捡起了散落一地的文件，但此刻却像鬼魅一样地出现在了床边。

放血。

血液的流失让她的大脑运转起来很困难，但是她很快意识到自己究竟遇到了什么。这个男人，就是这些年令人闻风丧胆的"雕塑师"。他一直存在于新闻当中，戴理桦从来没有想过，自己有一天竟然会碰上他。恐惧的情绪像是刚刚醒来一样，让她有些战栗。她尝试着张了张嘴，发现自己还可以发声："你可不可以，放了我？"

她知道自己问出这样的问题无比可笑，近几年铺天盖地的有关"雕塑师"的报道她或多或少看过，没有人能从"雕塑师"的手中活着离开。

那个男人还没回答,她的眼泪已经顺着眼角流了下来。

"你是不是要杀了我?"她连手都举不起来了,除了流眼泪,没有什么是她能做的了。

"我不是要杀了你。"那个男人回答道。

这话让戴理桦燃起了希望,他看上去很温和,跟她想象中的连环杀人犯不一样。

或许,仅仅是或许,一切跟她想的不一样,或许他会放过她……

但是那男人的下一句话却让戴理桦的心又跌到了谷底:"只要放完这一桶,我就会送你回去的。"

她的目光落在铁桶上,听见滴滴答答的水声减缓。那男人凑过来,将她手肘处的伤口又割开了些。

疼痛传来。但此时,这种微不足道的痛觉在死亡面前几乎要被戴理桦忽略了。

戴理桦知道,自己是回不去了。

她会死在这里。

就像所有被"雕塑师"杀害的人一样。

随着时间的推移,眼前的画面渐渐模糊,戴理桦觉得自己的身体越来越冷,心跳快得令人发慌,她的耳边出现了嗡鸣声。像跑马灯一样,她似乎看见了很多人,她看见了妈妈、爸爸、赵萌、陆原……

陆原。

她强迫自己清醒。

如果她就这样死了，陆原怎么办？

"我的尸体会被丢掉吗？"

那个男人似乎因为她说这样的丧气话而不悦，但还是做出了回答："我会把你送回接你来的地方附近。"

也就是说，她的尸体会被某个可怜的路人发现。然后警方会意识到"雕塑师"又犯案了，他们会对她的身体进行里里外外的检查。

如果她真的怀孕了……

他们会去调查她身边的人，会发现秋茗，发现陆原……

她明明想过，要保护自己的同伴的。

"你可不可以……帮我一个忙？"戴理桦说的话已经带着气音，她几乎是用尽了全身的力气问道。

"什么？"这个男人没有想到女孩会在这种时刻请他帮忙。在他看来，治疗已经到了紧要关头，她应该静心休养。

"我可能怀孕了。"女孩平静地陈述着事实，"我死了以后，不想让人知道这件事情。你可不可以帮我……掩盖掉？"不要让她的尸体被发现，不要让他们的秘密被发现。

"怀孕？"男人皱眉，"妊娠对红斑狼疮患者来说是非常危险的。"他似乎有些责怪道："你怎么这么不小心？"

戴理桦已经没有力气回答他这个问题了。她的嘴唇惨白，甚至在发抖。

见到她这副模样，他松开眉头，点了点头："我知道了，我会帮你解决的。"他顿了顿，补充道："如果你死了。"

"谢谢。"戴理桦从来没有想到，她对杀害自己的连环杀人犯说的最后一句话竟然是"谢谢"。

她缓缓地呼出一口气。

意识终于逐渐模糊。

这一次，她再也没有醒来。

梦魇

"明明啊，又去找霍药师啊？"

住在里弄的人们彼此之间全都知根知底。他从家里出来，手里攥着钱，慢慢地朝霍药师家走。迎面走来的阿姨一手托着面盆笑眯眯地问他。

他点了点头，小小的脚趾露在拖鞋外面，已经被土蹭得黑漆漆的。

那阿姨见他不说话，也没有为难他，待他走远了才和同伴咬耳朵："真是作孽啊！春娇当时嫁了海员，本来以为生活条件肯定好嘞！谁知道才结婚没多久她男人就出海了，再也没回来。"

"船难吗？"同伴问道。

"谁晓得啦！搞不好外面又找了一个呢！"阿姨唏嘘，"春娇么,从小身体不好,娘胎里带出来的毛病。发病的时候起的红疹子,那叫一个吓人。"

"红斑狼疮嘛,我听过的呀。活到现在也是不容易。"

"是的呀。当年还拼了命生下明明。男人也没留住。图什么?"

"明明这几个月一直去找霍药师,是春娇又不好?"

"可不是嘛。年初的时候发的病,看也看不好,医院都不收了,基本上就在家里等死了。也就霍药师心善,还给她拿药。"

男孩手中的钱被攥得更紧了。他其实都听得见。

霍药师住在隔壁里弄,是个半仙。据传,这一片很多人得了重病,医院都说没救了,却被霍药师治好了。有人会从别的市特地跑来寻他。求了他的药签,喝了他的符水,即便不能痊愈,也会好转。很多人都说,他其实是个托生成肉体凡胎的真神仙。

妈妈最近一直让他去霍药师那里拿药。她说霍药师是灵的。

即便在明明看来,她喝了药,用了霍药师的法子也没有丝毫好转的迹象。

但是妈妈说觉得灵,那就去吧。兴许她觉得舒服些。

其实,明明心里有个秘密。

他并不喜欢到霍药师那里去拿药。

每次去拿药,霍药师都会让他等一等。待到无人了,他就会给他糖吃,然后关上门要他把裤子脱掉。霍药师会把玩好一会儿。有的时候他觉得疼,想逃,霍药师便告诉他,若是他走了,就不给他拿药和神符了。

每当这时,明明就不作声了。

妈妈等着他拿药回去。他不能走。

可是,明明是真的不喜欢去霍药师那儿。他走得很慢,他时常想,如果通往霍药师家的路一直走不到尽头就好了。可是无论他如何磨蹭,目的地总是会到的。明明看着那处木板门,咽了咽口水,不情不愿。

他索性一屁股坐到了门口的石阶上。他也不知道自己在等什么。

直到夜幕四合,里弄里的人已经开始陆陆续续地出来纳凉,明明知道自己是躲不过去了,终于起身拍拍屁股,叩了叩木制的大门。

所幸今日霍药师没有为难他,只是听了他的描述,高深莫测道:"若是这样,应当放血啊,需将恶血排出才能有起色。"他点了点明明的手肘处:"记住了,拿小刀放在火上烤烤,然后在这处放血。很快就能痊愈的。"

说完,霍药师还给了他一个符和一小瓶磨成粉的药:"拿符烧了和水,与这药粉搅匀。恶血排出后须用这固阳。"

明明听完点了点头。心中默念着放血的位置以及霍药师今日的嘱咐,放下钱抱着药就往家里跑。来时走了半个小时的路,回去时不过五分钟就到了。

家里没开灯,他进去的时候险些绊了一跤。

他摸着黑将药放在桌上,开了灯。他跑去厨房拿了平日里削苹果的小刀,在煤气灶上烤了烤,急吼吼地跑到妈妈床边。

床上的人歪着脑袋躺在那里,一只胳膊垂在床沿外。

"妈妈,药我拿回来了。霍药师说要放血。"

很奇怪,往日里无论有多不舒服,妈妈总还会睁眼瞧瞧他。可是现在,床上的人却毫不应他。

明明有些不安。他将小刀放在床头,轻轻地推了推妈妈,却发现她身体已经凉了。

他害怕地僵在那里,不知道应该怎么办。他又推了推妈妈,还是没有反应。眼泪已经不知不觉地下来了,隐隐约约地,他感觉到妈妈这次可能是死了。

他对"死"不是没有认知。人们常说妈妈治不好就会"死"。可是没有人告诉他,妈妈死了会变凉,妈妈死了会不理他。

他越哭声音越大。他忽然像想起什么似的,慌忙地跑去请霍药师,回来的时候因为这厢闹出的动静,屋子里里外外已经围了好些人。他们围在妈妈的床周围,小声议论,指指点点。

看向他的眼神已经全是怜悯。

霍药师来了只瞧了一眼,脸上颇为惋惜道:"晚了晚了。若早些放血兴许还有救。"

明明呆呆地站在床边,霍药师的话一遍遍地在他的耳畔回响,逐渐成为一种令人头疼难忍的嗡鸣声。

要是他没有在霍药师门口呆坐那么久,要是他早点回来给她

第三章　希波克拉底的四体液学说

放血，她兴许还有救的。

妈妈分明让他快去快回的。

"因为你不听话，你害死了她。"

"这是惩罚。"

*

后来，因为没有监护人，他被送到了附近的福利院。

那天下午，院里的小朋友们扎堆在一起，像是在密谋着什么事情。他一问才知道，他们在烧水间的后面发现了一只灰色的小奶猫。这些日子，每个人都省下一些口粮轮流喂养。

他们不敢告诉老师，因为院长妈妈三令五申院里不能养小动物，会抓伤人或出现传染病。

原本保密工作做得很好，他们一直相安无事。可是这两天，小奶猫的情况不大好，最初是开始拉稀，后来就呕东西，连东西也不吃了，到现在几乎已经不怎么动弹了。

大家都很着急，却不敢向医务室的老师求助。

那天夜里，按照他们说的，他一个人偷偷地跑到烧水间后面，果然在那里找到了一只小奶猫。小家伙此时已经气息微弱，看到有人来了也做不出什么反应。

这让他想到了妈妈最后在病床上的样子。

267

看着小猫，他的心跳逐渐加快，耳鸣的声音慢慢变响。

他想要救小猫。

他掏出了手工课上用的小刻刀，在小猫的四周比画了一会儿，却不知如何下手。最终他想起了霍药师的话，在小猫的前臂上划出了一道长长的口子。它想要挣扎，却已经没力气叫出声了。

"很快就好，不痛的。我得救你。"他一边摸着小猫的头，一边宽慰道。

而此时，他听到远处有人的脚步声，那是夜巡的老师。

他不得不赶忙离开这里，避免暴露这只小奶猫。

而第二天，当他再次造访那里的时候，却发现小猫已经不见了，他询问了其他小朋友，大家都表示没有人挪动过它。他开始暗自欣喜，或许是他前一天晚上的治疗起了效果，使得原本已经奄奄一息的小猫可以自由活动了。

它的病好了，所以离开了。

霍药师说的是真的。

旋即，他的神色就暗淡了下来。

而妈妈真的是因为他，才没有获救的。

小猫成了他成功救治的第一位"病患"。

他立志治病救人，让更多的人免受疾病的折磨。高三毕业时，他想要考医学类院校，却意外落榜。他不愿意放弃，又复读了一年，却依然事与愿违。而此时，院长找他谈话，告诉他他已经成年了，必须尽快搬出福利院。这使他继续复读的愿望也落了空。无奈之下，他选择了一所专科院校，读了与药学相关的专业。这是他选择范围内与治病救人关系最密切的专业了。

他依然没有放弃自己的理想。他希望让那些像母亲一样被慢性病困扰的人免受苦难。毕业以后他频繁进出医院，看着那些明明在医院求救，最后却失望离开的病人，小时候就根植在他心中的信念越来越坚定。

医学真的有用吗？他们学的知识真的有用吗？那会不会只是一场骗局？一场全人类都信以为真的骗局？

你看，医学只会在人们绝望的时候放弃他们，全然不会对这些曾经的信徒留情。

他可以救她的。

他可以救他们所有人。

尾声

尾　声

　　正如何满满所推测的那样，"疾病"正是"雕塑师"选择猎物的标准，重刑科的警察们对除了曾国涛以外的所有受害者做了更深入的排查，他们发现排查起来并不困难，真相仿佛曾经就放在他们眼皮子底下，可惜从没有人去关注过。

　　最先被查明的是晋柯，根据其妻子的描述，晋柯在决定离开春申市音乐电台之前的两三年里，已经出现了慢性肾衰竭的症状，他一直在坚持用药。但是在离职前的最近一次检查中，他发现自己的病情已经到了不可控的地步，主治医师建议他要定期做血液透析，他真正意识到自己可能无法继续工作了。知道这件事情的人并不多，消息并没有在电台里传开，但是在晋柯的亲友之间这并不算什么秘密。

　　紧接着，重刑科从姜雪飞的父母处了解到了她的癫痫病史，这也是他们对她从小就宠爱有加的原因。除了儿童时期有过严重的四肢抽搐和惊厥，其他时候她的发病次数其实并不多，高中以后甚至再也没有大发作过。因为害怕高校招生时受到歧视，他们在高考体检申报时选择了隐瞒。虽然姜雪飞如今已是一位法学研究生，癫痫病史却始终影响着她的生活、她的择业、她的交友、她的恋爱。一直以来，姜雪飞都会定期去医院体检。癫痫病似乎已经成了她与家人之间秘而不宣的禁忌，所以他们没有主动向调查人员提及。

而令人印象深刻的还有第二位受害者徐春霞。当重刑科向其家人询问她是否患有某种慢性病时，她的丈夫郑东华想了好半天才不确定地说："好像有关节炎。这个也算？"可惜他并不知道徐春霞就诊的医院与科室，因而肖恩他们几经辗转才找到了徐春霞长期就诊的医生。事实上，那并非普通的关节疼痛。徐春霞已经有多年类风湿关节炎病史，且到目前为止，医生依然没有找到合适的药物能对其病情进行有效的控制。在遇害前，她已经到了每天必须吃大量止痛药才能镇痛的地步，并已经有了关节变形的趋势。当重刑科的侦查员与其儿子核实这个情况的时候，对方的表情却是茫然无措的。他从来没有意识到，几乎每周跨越半个春申市来给他送饭的母亲，竟然默默承受着这样的病痛。如果不是侦查员上门，这个秘密很有可能会随着母亲的横死，悄无声息地被掩盖了。

和姜雪飞同年遇害的董茵茵的情况则比较复杂。当她身边的人被询问她是否有什么慢性病时，大都表现出一脸茫然。她所在的私企对这个曾经的前台的了解十分有限，和她断联多年的父母

尾 声

更是对她的生活状况毫不关心。不过所幸，网络安全科的调查员找到了她的一个微博小号，发现她最近一年关注了许多身为HIV[1]携带者的博主，并在深夜写长文宣泄她的恐惧。那个账号是她去世前一年注册的。她不会突如其来地对HIV公益活动感兴趣，结合她的副业，重刑科认为她很有可能在那个时候得知了自己被感染的消息。她不知道可以向谁倾诉，更不敢在朋友圈里宣扬。唯一可以给予她些许安慰的，只有那些素未谋面的病友。

而最后被确认的则是第一位受害者丁朝儒。他老家的父母坚称他的身体没问题，他工作的IT公司里也没有和他关系亲密的同事。他的情感生活几乎一片空白，人们甚至找不到他的业余爱好。但是，重刑科却意外地在报警记录中找到了他的信息。那并非他之前犯了什么事，而是120救护车的出诊记录。上面显示，几年前他曾在酒店割腕自杀过，却被酒店的客房服务员及时发现了。警察们又去那家医院调了他的出院报告，发现他那时就被诊断为重度抑郁，需要吃药治疗。但是，这件事情被丁朝儒隐瞒了下来，没有人知道他经历了什么。他没有告诉家人和朋友，而是选择独自承担。或许他后来也挣扎着去医院寻求过帮助，他也想好起来。只是，他的运气并不好，他在那里遇见了"雕塑师"。

根据何满满划定的范围，重刑科很快地筛选出了与所有受害者就诊医院有联系的"雕塑师"——李思明。他出生在春申市，

---

[1] 人类免疫缺陷病毒，又称艾滋病病毒。

父亲是个失踪多年的海员，如今户籍已经被注销。母亲在他很小的时候就因病去世了。可以说，他是一个无依无靠的孤儿。后来李思明考入了春申市的一所大专院校，攻读药学，毕业后就进了一家医疗器械公司做医药代表，每天都需要去许多家医院跑业务。

他坚称自己是在拯救那些病人。

经医院诊断，李思明患有妄想性障碍，他的脑海中会出现许多与常识相悖的信念。他的主治医师认为，这种疾病与他早年的生活经历有着密切的关系。

柚子知道了这个调查结果后，有些唏嘘："如果'雕塑师'的目的一直都是治疗而非杀戮，那他看上去……"

"没有那么十恶不赦？"何满满将他没敢说完的话接了下去。没有人知道，"雕塑师"为什么这么执着于放血治疗，李思明虽然认了罪，却始终对其杀人手法的成因三缄其口。即便去做平行调查也未必能够解开这个谜团，平行调查的黄金时间是两周，那个成因已经太过遥远了。

"柚子，你想错了。"何满满表情严肃，"因为他是特殊的连环杀人犯，因为传统的方法无法解释他的行为逻辑，所以我们才试图通过结果来回溯他的动因。不过也仅此而已。

"事实上，虽然我们难免会对他产生某种同理心，但是这并不代表在一般人类社会的标准中，他的所作所为是可以被理解和接受的。无论他的初衷是'治愈'还是'杀戮'，当有人在他的手中死亡时，他就已经成了杀人犯。没有借口，不容争辩。"理解是

尾　声

一回事，谅解又是另一回事。

事实上，除了被害者，谁也没有资格提谅解。

过去小楠婆婆曾担心何满满过于旺盛的同理心会令她非常痛苦，但后来发现自己似乎是多虑了。何满满有自己的安全阀，同理心的产生并不会影响她对是非的判断。

这也是她能从自调科成立以来，一直工作到现在的重要原因。

*

何满满和柚子为了戴理桦的案件超负荷工作一整天以后，如今自调科又回到了悠闲的日常。何满满甚至会在柚子整理案件档案时吐槽："年轻人，工作太积极，思想有问题。"

柚子看见不远处听到这一言论的小楠婆婆边织着毛线，边倚在躺椅上连连点头。他用手托住额头，这才相信这份工作的本来样子与前段时间的经历截然不同。

"大丽花案"与"雕塑师连环杀人案"最终被并案调查。在案件告破以后，蒋庆山得以安心将戴理桦下葬，他邀请了参与案件调查的警员参加葬礼。

那天何满满特地找出了一身黑色的连衣裙，带着柚子，搭乘重刑科的面包车一起前往墓地。

那是春申市城郊的一处公墓，靠山近水，戴理桦被葬在了半山腰处，景色开阔，令人心生宁静。来的人并不多，戴理桦与生母那边亲缘寡淡，大都是蒋庆山的亲人或是战友。他们是冲着蒋庆山的面子来的，终是不放心他白发人送黑发人，便过来帮衬一番。

蒋庆山见到肖恩与何满满后，二话不说地朝他们鞠了一躬。再抬起头，这个年过半百的中年人已经红了眼眶："谢谢。"

不知是谢谢他们能来，还是谢谢他们还了戴理桦一个公道。

肖恩的小徒弟张若初看到这幅场景，心里很不是滋味。自从重刑科接手这个案子以来，都是主要由他负责与蒋庆山联系的。一直以来，蒋庆山都只表现出坚强的样子，从来没有在警察面前失态过。或许因为他是退伍军人，所以他特别信任重刑科，哪怕在调查受阻时也从未为难过他们。他表现得太过沉稳了，以至于张若初曾腹诽他们到底不是血亲的父女。

可是，此时此刻，所有人都看得出来，蒋庆山一直以来都不过是在压抑情绪，压抑着他内心承受的痛苦。

"我第一次见理桦的时候，她被她妈妈抱在怀里，大眼睛滴溜溜地转，有点儿怕我的样子。她那时小小的一个。我当时就想，这就是我女儿了。我一定要把她当成宝贝一样养大。"蒋庆山说着说着，鼻子就酸了，他伸手抹了把眼睛，"她妈妈走了以后，她就越发听话了。和她说什么都说好，什么要求都不提。等回过神来，她已经长成了一个优秀独立的大姑娘了。我也希望她有什么事情可以求助我，可以让我像个父亲一样成为她可以信任的后盾。可是她什么都不说……究竟怎么会变成今天这个样子……"

尾　声

　　从戴理桦忽然遇难到现在，他都努力地克制着自己的情绪。但是此时此刻，他忽然意识到，自己真的要送走这个孩子了。

　　跟他相伴十多年，他却没能保护好的孩子。

　　张若初有些手足无措。蒋庆山身后的战友围上来安慰他。

　　就在此时，何满满的余光扫到了角落处站着的一个穿黑衬衫的少年。他远远地看着这一切，没有离开，也没有靠近。

　　何满满绕开了人群走到了那名少年的身边。

　　"谢谢你给我打的那通电话，它很重要。"

　　他似乎并不意外何满满会上前搭话，脸上的表情没有任何变化。站在他这个角度，可以远远地看到蒋庆山，也可以远远地看到戴理桦那座崭新的墓碑。他默不作声，不知道究竟在想些什么。

　　"陆原，戴理桦最后的一通电话是打给你的。"

　　陆原手机里有来自戴理桦的未接来电，两点半打来的。等他发现这通电话的时候已经下课了。他当时想到上午他们不欢而散，决定不回拨过去。

　　他想着如果有急事，理桦一定会再找他。

　　实在不行，他可以等第二天当面问清楚。

　　可是第二天，他却等来了戴理桦被弃尸于他家附近桥墩下的消息。

　　他不敢深想，不敢假设其中与自己是否存在着某种联系。他害怕自己一旦开始想了，下半辈子都要活在对自我的责难当中。

　　"你知道戴理桦那天找你是为什么吗？"

他不知道。

他也害怕知道。

但是他却控制不住自己看向何满满。他强迫自己的大脑停止思考，心脏却向往着答案。

何满满叹了口气。她斟酌了很久，但还是决定说出口："我接下来说的话，你仅作参考就好。事实上，我没有办法告诉你我是如何得知的，更没有办法提供给你所谓的'证据'。"

但是，她觉得，戴理桦为这个少年所做的一切，应该被知道。

"戴理桦那天是想跑去告诉你，如果你觉得很痛苦，她可以选择不做了。她会保护你，让你得到想要的人生。

"她知道什么是正确的事情，但是如果那将会给你带来痛苦，她很坚定地选择了你。"

无论是在哪个世界。

她在知道自己必死无疑时，都拼尽全力，给了陆原他想要的人生。

陆原从头到尾没有说一句话。他低着头，浑身冰凉。

他丝毫不怀疑何满满的话。

因为他所知道的戴理桦，就是这样的一个……傻瓜。

一周后，一条重大社会新闻冲上热搜：春申市某男高中生在全校活动时揭露其班主任利用职责之便长期对其实施猥亵、性侵等行为。由于在此类校园性侵事件中，男性受害者的控诉非常少见，

尾 声

消息一经传出,马上受到了广泛关注。

不过,当记者采访被害人询问学校中是否还有其他受害者时,该生却坚称,他所知道的只有自己一人。

*

那天从公墓回来,肖恩提出可以送何满满与柚子回家。然后,他们意外发现柚子的家竟然就在何满满家公寓的街对面。

于是两人便在同一路口下了车。

在往公寓走的路上,何满满脑海中忽然浮现出了在异化值 1.2114+的世界看到的柚子和岳杉交谈的画面。她偷偷看了一眼身边的小徒弟——那时的柚子很不一样。

"柚子,你……"认识岳杉吗?

"怎么了?"柚子侧过头,笑眯眯地看向走在身边的何满满,等她接着说下去。他的样子还是那么少年气,眼睛里清澈得仿佛能一眼望到底。

何满满摇了摇头:"没什么。"那是以戴理桦为观察对象的世界。纵然那里的岳杉和柚子有着什么关联,也不能说明什么问题。世界与世界之间的差异太大了。

"到了。"站在柚子的公寓楼门口,何满满调笑道,"都不请为师我去你家坐坐吗?"

柚子有些不好意思地挠了挠头："现……现在家里很乱。等我过两天打扫干净了请你来吃烤串？"

何满满本来也只是开个玩笑转移话题，自然满口答应："那就下周一见了。"说罢，她挥了挥手，朝马路对面轻快地走去。

柚子目送着何满满离开以后，掏出门禁卡进了公寓大门。

他家住在十三楼，阳台正对着马路。站在上面，甚至不需要望远镜，就能看到对面楼房里的情况。

窗帘拉得严实，整个屋子暗暗的。柚子进门以后放下包，光着脚径直走向朝南的书房。他推开门，墙上贴满了大大小小的照片，不同大小，不同材质。

如果何满满在这里，她一定会震惊地发现，尽管她没有拍摄这些照片的记忆，但是上面的人正是自己。

从高中到现在，她的一举一动都被人偷偷地记录了下来。

有她参加同学聚会时的照片；有她在"阿元"喝奶茶的照片；有她一个人在烤肉店大快朵颐的照片……

何满满生活中的点点滴滴，仿佛都能在这里被找到。

柚子坚信，这个世界上，再也没有人比他更了解何满满了。他注视着她出国、毕业、工作。他知道她的所有喜好，他甚至将自己的喜好也变得和她无比同步；他知道出现在她身边的每一个人，以及如何同他们相处，如何讨他们欢喜。

在正式出现在何满满面前时，他已经演练了无数遍相遇的姿态。

尾 声

  书房里有一块白板，上面画着重刑科警察常用的人物关系图。在这张图上，以何满满为中心勾勒出了她与身边所有人的关联。

  其中有一角看上去是极不和谐的空白。

  在白板边上的垃圾桶里，静静地躺着一张岳杉的照片，他的脸被人用黑色的马克笔狠狠地画上了叉。

  天知道刚才何满满说要上楼拜访的时候，他有多紧张。

  柚子用手指点了点墙壁上一张何满满的照片。那是她在北方州立大学读书时在图书馆里赶作业的样子。

  柚子平日里朝气阳光的样子已经全然消失不见，就仿佛终于摘下了面具。他的大半张脸被挡在刘海儿下，眼神晦暗。他嘴角勾起一抹笑容，却渗出凉意。柚子的声音在空荡荡的屋子里响起："小满姐，我回来了。"

  只是，无人应答。

读客
悬疑文库

认准读客读悬疑，本本都是大师级。

专注出版中、英、美、日、意、法等世界各国各流派的顶尖悬疑作品。

为读者精挑细选，只出版两种作品：
经过时间洗礼，经典中的经典；口碑爆表、有望成为经典的当代名作。

跟着读客悬疑文库，在大师级的悬疑作品中，
经历惊险反转的脑力激荡，一窥人性的善恶吧。

扫一扫，立即查看悬疑文库全书目，
收集下一本精彩悬疑！